JUNG
UND
JUNG

Bibliografische Information der Deutschen Nationalbibliothek

Die Deutsche Nationalbibliothek verzeichnet diese Publikation in der Deutschen Nationalbibliografie; detaillierte bibliografische Daten sind im Internet über http://dnb.dnb.de abrufbar.

Bearbeitete Neuausgabe.
Die Originalausgabe erschien 2001 im Verlag Jung und Jung, Salzburg und Wien.

Hubert-Sattler-Gasse 1, A-5020 Salzburg
office@jungundjung.at
www.jungundjung.at
GPSR-Kontakt: Elisabeth Freiinger
freiinger@jungundjung.at

Umschlaggestaltung: BoutiqueBrutal.com
Druck und Bindung: GGP Media GmbH, Pößneck
ISBN 978-3-99027-421-7 / 1. Auflage 2025

XAVER BAYER

Heute könnte ein glücklicher Tag sein

Roman

Jung und Jung

I.
Spätsommer / Herbst

Laß uns, rief sie, da wir der Zeit nicht nachlaufen können, wenn sie vorüber ist, sie wenigstens als eine schöne Göttin, indem sie bei uns vorbeizieht, fröhlich und zierlich verehren.

Johann Wolfgang Goethe

Wien, nur Wien, du kennst mich up, kennst mich down …

Falco

Ich liege auf dem Balkon von Ninas Wohnung und lese wieder einmal »Hebt den Dachbalken hoch, Zimmerleute«. Aus der Küche kommt leise Musik, und ich schenke mir noch ein Glas Wein ein. Als jemand in der Geschichte eine Zigarette raucht, zünde ich mir auch eine an, dämpfe sie aber nach ein paar Zügen wieder aus und schnippe sie über das Geländer.

Von meinem Platz aus sehe ich in eine gegenüberliegende Wohnung, in der eine alte Frau vor einem Fernseher sitzt, so unbeweglich, daß es aussieht, als wäre sie schon tot. Am Balkon einen Stock höher steht ein Mann im Anzug und telefoniert. Er hält den Kopf dabei leicht gebeugt und gestikuliert mit den Händen, während er redet. Ich versuche, etwas von dem, was er sagt, mitzubekommen, aber weil im Radio gerade »Take on me« läuft, macht Nina die Musik lauter, und ich verstehe nichts mehr, stattdessen proste ich dem Mann zu, aber er verschwindet, wahrscheinlich ohne mich gesehen zu haben.

Als sich Nina neben mich setzt, fragt sie mich, wie spät es ist, und ich schaue auf die Armbanduhr und sage: »Zeit genug«.

Wir trinken noch die Flasche aus, und dann, gegen halb neun, fahren wir zu Freunden von Nina. Zwei junge Frauen, die sich in der Nähe der Stadt ein altes Haus gekauft haben und es jetzt renovieren. Wir sitzen im Garten unter einem Maulbeerbaum, schlagen nach Gelsen, füllen die Gläser nach, rauchen. Später, im Haus, wird über Vampirfilme gesprochen. Ich streichle den Hund, der unter dem Tisch liegt, mit der Sohle meines Schuhs und langweile mich.

Nach Mitternacht brechen wir auf. Wir fahren über leere Landstraßen zurück.

Als wir bei Nina zu Hause ankommen, ist sie eingeschlafen. Ich wecke sie behutsam, und wir sitzen dann noch eine Weile auf dem Balkon. Während wir uns unterhalten, landet unbemerkt eine Gelse auf Ninas Wange, einen Fingerbreit unter dem linken Auge. Ich sehe der Gelse zu, die sich langsam mit Blut vollsaugt. Sie bleibt sogar sitzen, als Nina ihre Zigarette zum Mund führt. Ich sage nichts. Als Nina meint, daß es doch ein ganz angenehmer Abend war, fliegt die Gelse weg, und ich beuge mich vor und küsse ganz leicht ihre Lippen.

Montag. Gegen sechs am Abend ruft Peter an. Er hat eine Einladung zu einer Wohnungsparty. Wir treffen einander um neun, kaufen uns ein Bier, dann fahren wir gemeinsam zu der Adresse. Als wir ankommen, hört man schon Musik und sieht im dritten Stock des Hauses Leute auf dem Balkon. Wir läuten an, es wird geöffnet, wir treten ein. Es sind noch nicht viele Gäste da. Alle halten ein Glas in der Hand. Wir besorgen uns etwas zu trinken, und dann stehen wir wie die anderen herum, und es spielt zum drittenmal hintereinander ziemlich laut

»Music sounds better with you«, und ich treffe jemanden, den ich kenne, dem ich aber nichts zu sagen habe. Wir reden trotzdem ein paar Minuten miteinander belangloses Zeug, dann kommt ein Mädchen dazu, dem ich vorgestellt werde, und ich unterhalte mich höflich, aber lustlos. Ihre Stimme ist so krächzend und beschlagen, daß ich beim Zuhören fortwährend den Drang habe, mich zu räuspern.

Später, als schon mehr Leute da sind und die Stimmung schon etwas aufgelockerter ist, komme ich ins Gespräch mit einem Studenten. Er fragt mich zweimal, ob ich glaube, daß man hier etwas rauchen darf, dann verschwindet er für ein paar Minuten auf die Toilette, um mir daraufhin einen Joint zuzustecken, damit ich ihn für ihn anrauche, denn er traut sich hier nicht so recht, wie er sagt. Ich zünde ihn an, und wir rauchen. Währenddessen gesellt sich Peter für ein paar Züge dazu, und wir einigen uns, daß wir beide dasselbe Mädchen hübsch finden, dann geht Peter zurück in die Küche, wo man ihn auf Festen immer findet, und ich stehe wieder allein mit dem Geschichtestudenten da, der gerade beginnt, mir von einer Band zu erzählen, die niemand kennt, dabei verschluckt er ganze Wörter, und obwohl ich nur die Hälfte verstehe, nicke ich und betrachte den Jointstummel, den er bereits seit fünf Minuten zwischen seinen Fingern vergessen hat.

Er wird immer vertraulicher, und nach einer Viertelstunde erzählt er mir, andauernd von Lachanfällen unterbrochen, bei denen er sich krümmt und auf meinen Oberarm klopft, daß er manchmal in einen Supermarkt geht und mit einer langen, dünnen Nadel in Präservativpackungen sticht, nur so zum Spaß. Ich sage ihm, daß das eine sehr lustige Idee ist, tue so, als würde ich jemanden von den Gästen erkennen, lasse ihn stehen und gehe zu Peter in die Küche. Der sitzt gerade vor einem Handspiegel und schiebt mit einer Bankomatkarte Koks zu zwei länglichen Häufchen. Ich überrede ihn, vier daraus zu machen, dann verlasse ich die Küche wieder und stelle mich allein auf den Balkon. Nach einer Weile kommt ein Mädchen heraus und lehnt sich ans Geländer, ohne mich bemerkt zu haben. Auf einmal beginnt sie, hastig ihre Bluse aufzuknöpfen, und entblößt ihre Brust. Ich zünde mir geräuschvoll eine Zigarette an. Sie fährt zusammen, sieht mir erschrocken ins Gesicht, knöpft schnell ihre Bluse wieder zu und geht, ohne ein Wort zu sagen, in die Wohnung zurück.

Als ich fertiggeraucht habe, besorge ich mir noch ein Bier und versuche, mit einem Mädchen eine Unterhaltung zu beginnen. Jedoch ist es, als wäre eine Glasscheibe zwischen uns, so wie in Postämtern oder Banken. Sie redet, und ich gebe vor, ihr folgen zu können, dabei verstehe ich wegen der Lautstärke der Musik nur die Hälfte. Ich sage ihr, daß ich etwas zum Trinken holen will und gleich wiederkomme. Als ich im Vorzimmer stehe, fasse ich stattdessen den Entschluß zu gehen. Ich schließe vorsichtig die Wohnungstür hinter mir und suche im Halbdunkel den Lichtschalter. Versehentlich drücke ich auf die Türklingel und renne, bevor jemand öffnet, eine Stiege tiefer. Ich warte kurz, und als sich nach einer Minute nichts rührt, steige ich die restlichen Stockwerke hinunter, bis mir einfällt, daß ich eigentlich den Aufzug hätte nehmen können. Unten, im Hausflur, uriniere ich zwischen zwei Altpapiercontainer, dann verlasse ich das Haus.

Auf der Straße ist es angenehm warm. Man hört das Gitarrensolo von »Hotel California« aus einem der Fenster der Wohnung, wo die Party stattfindet.

Ich wache um elf Uhr auf. Zu spät, um noch rechtzeitig zur Vorlesung zu kommen. Ich steige aus dem Bett und gehe wie immer zuerst in die Küche, um Wasser zu trinken. Während ich das Wasser kaltlaufen lasse, ärgere ich mich über meine eigene Disziplinlosigkeit. Ich hatte mir gestern noch fest vorgenommen, heute wirklich auf die Universität zu gehen. Eigentlich hatte ich am Montag gut begonnen und war um zwölf bei einem Seminar gewesen. Nur der Professor, der die Veranstaltung halten hätte sollen, tauchte nicht auf. Ich wartete eine halbe Stunde, dann trank ich im Uni-Buffet einen Kaffee und fuhr wieder nach Hause.

Sichtlich waren die paar Bier, die ich gestern auf der Party getrunken hatte, zu viel, denn ich kam nicht früh genug aus dem Bett, und nun sitze ich am Küchentisch und versäume gerade die nächste Vorlesung und habe ein schlechtes Gewissen und Kopfweh.

Ein paar Tage später, in der Wohnung einer Freundin Ninas. Ich sitze in einem bequemen Fauteuil, lasse meine Beine über die Lehne hängen und fülle hin und wieder das Glas nach, das neben der Flasche am Boden steht. Der Ventilator am Plafond des Raumes dreht sich so langsam, daß man die Rotorblätter mit dem Blick verfolgen kann. Wenn ich aus dem Fenster schaue, sehe ich genau auf das Riesenrad. Ich erinnere mich an das letzte

Mal, als ich damit gefahren bin. Es gibt mitunter nichts Feineres, denke ich, als an einem Sommertag durch den Prater zu schlendern, mit Geld in der Tasche und der Lust, sich mit Bedacht zu betrinken.

Ich stehe auf und drehe die Platte um, die am Ende des letzten Liedes hängengeblieben ist. Nach einer Weile kommt Nina ins Zimmer.

Sie blickt mich eine Zeitlang schweigend an, als würde sie mir etwas vorzuwerfen haben, dann nimmt sie die Uhr in die Hand, die neben der Stereoanlage steht, und betrachtet sie.

Ich frage Nina, ob sie es eilig hat, weil sie auf die Uhr schaut, aber sie antwortet nicht. Ich weiß, daß sie sich ärgert, weil ich mich wieder einmal nicht am Gespräch mit ihrer Freundin beteiligt habe.

»Ist was?« frage ich sie.

»Nichts«, sagt sie.

»Was ist denn?« frage ich noch einmal.

»Vergiß es«, sagt sie, und schaut mich erwartungsvoll an.

»Von mir aus können wir auch gehen«, sage ich. Doch sie schüttelt nur den Kopf, gibt mir einen Kuß und geht wieder aus dem Zimmer.

Zwei Tage danach. Als ich aufwache, fällt mein Blick zuerst auf die Uhr neben dem Bett, die zwei zeigt, was bedeutet, daß ich mich vor einer halben Stunde mit Nina hätte treffen sollen. Mein zweiter Blick fällt auf die Schuhe, die übereinander am Boden liegen, und dann merke ich erst, daß ich noch Hose und Hemd anhabe, und ich stehe auf, ziehe mich aus und trinke Wasser in der Küche. Dann gehe ich ins Badezimmer, um mich zu rasieren und zu duschen. Als ich damit fertig bin, setze ich mich an den Küchentisch, schalte das Radio ein und zünde mir eine Zigarette an. Ich überlege, was gestern passiert ist. Das letzte, woran ich mich erinnere, ist, daß ich die Mariahilfer Straße in die falsche Richtung gegangen war, anstatt zum Ring zum Westbahnhof, und daß ich das erst merkte, als ich dort war. Ich weiß noch, daß ich wieder umkehrte und irgendwo, auf halbem Weg, ein Taxi nahm. Vorher, fällt mir ein, hatte ich Peter gebeten, mich aus seinem Auto aussteigen zu lassen, weil ich frische Luft brauchte.

Mit der zweiten Zigarette und einem Pfefferminztee kommen die Erinnerungen an ein Mädchen, neben dem ich zu Beginn des Abends in Peters Auto saß. Während vorne Peter und Hannes einen Joint rauchten, küßten wir uns. Und ich weiß noch, daß ich später, in der Nacht, es nicht glauben wollte, daß es der gleiche Tag war, an dem wir uns alle im Café Weidinger trafen. Ich war fest überzeugt, daß sich das einen Tag zuvor abgespielt hatte.

Ich versuche, Nina zu Hause zu erreichen, aber es läuft nur der Anrufbeantworter mit dem Text:

»Hallo, ich bin gerade nicht erreichbar, aber wenn du glaubst, daß du mir etwas zu sagen hast, dann sprich jetzt.« Der übliche Piepton, ich lege auf.

Als ich in das Café komme, wo ich mich mit ihr verabredet habe, ist es viertel vor drei, und sie ist nicht mehr da. Ich setze mich trotzdem hin und bestelle mir ein kleines Bier. Nachdem ich den ersten Schluck genommen habe, gehe ich zu den Telephonapparaten im hinteren Teil des Cafés und probiere noch einmal, Nina anzurufen. Ich rede auf den Anrufbeantworter, daß ich verschlafen habe, und daß es mir leid tut, und daß ich mich später wieder melde, aber da schaltet das Gerät schon ab. Ich habe keine Lust, es ein zweites Mal zu versuchen, und rufe bei Peter an. Nachdem ich es eine Zeitlang läuten lasse, meldet er sich. Ich frage ihn, wie es ihm geht, nach gestern. Er sagt, das müßte er eigentlich mich fragen. Ich erkundige mich nach dem Namen und der Telephonnummer des Mädchens, das ich gestern im Auto geküßt habe. Dann reden wir noch eine Weile, sagen »ciao« und legen auf. Als ich zu meinem Tisch zurückkomme, sitzt da Nina und entschuldigt sich für die Verspätung. Sie hat an dem Buch, das ich gerade lese, erkannt, daß das mein Platz sein muß. Sie fragt mich unvermittelt, was ich gestern getan habe. Ich sage: »nichts Besonderes«, und als sie eine Zigarette aus ihrer Packung zieht, gebe ich ihr Feuer.

Als ich Nina dann wie versprochen zum Bahnhof bringe, mich von ihr verabschiede und die Arme um sie lege, merke ich, daß sie mich länger umarmen will als ich sie. Sie fragt mich daraufhin, was ich denn noch vorhabe, daß ich sie so schnell loswerden will. Als ich »nichts« sage, werde ich rot, obwohl ich wirklich nichts geplant habe. Sie blickt mich seltsam an, ich gebe ihr einen Kuß und warte, bis sie eingestiegen ist. Als der Zug losfährt, gehe ich weg, ohne mich umzublicken, weil sie ohnedies nicht am Fenster steht.

Wenig später treffe ich Peter, der ebenfalls nichts zu tun hat. Wir beschließen, einen Ausflug zu machen. Wir fahren stadtauswärts, Richtung Norden. Nach ungefähr einer Stunde halten wir kurz am Rande eines Dorfes, rollen noch ein wenig an Feldern entlang, wo Lagerhallen und Scheunen stehen, und kommen zu einem Sportplatz. Dort steigen wir aus. Das Fußballfeld wirkt kleiner als gewöhnlich. Vor den zwei Toren sind Kreise im Gras, vom Tormann ausgetreten. Der Elfmeterpunkt ist eine kleine Mulde. Wir setzen uns an den Rand des leeren Platzes, essen und trinken etwas, reden. Wir haben auch einen tragbaren Kassettenrekorder mitgenommen. Als wir dann rauchend nebeneinander liegen, ziehe ich den Zettel hervor mit dem Gedicht, das ich gestern aus einem Buch abgeschrieben habe, und lese vor:

Du, ich halte diese festen
Stuben und die dürren Straßen
Und die rote Häusersonne,
Die verruchte Unlust aller
Längst schon abgeblickten Bücher
Nicht mehr aus.
Komm, wir müssen von der Stadt
Weit hinweg.
Wollen uns in eine sanfte Wiese legen.
Werden drohend und so hilflos
Gegen den unsinnig großen,
Tödlich blauen, blanken Himmel
Die entfleischten, dumpfen Augen,

Die verwunschnen
Und verheulten Hände heben.

»Schön«, meint Peter.

»Lichtenstein«, sage ich.

»Schön«, sagt Peter nochmals.

»Ja«, antworte ich.

Auf dem Parkplatz neben dem Sportplatz ist ein alter Bus abgestellt. Wir werfen Pflastersteine in die Scheiben und brechen mit einer Eisenstange die Tür auf. Drinnen schlitzen wir die Sitze auf, zerhauen mit der Stange das Armaturenbrett, reißen die Gepäcksgitter vom Dach.

Ich wache wieder einmal verschwitzt auf. Der Wind bläht die Vorhänge vor den Fenstern. Ich trinke Wasser in der Küche. Es ist kurz nach vier. Während ich das Glas noch einmal vollaufen lasse, überlege ich, wen ich anrufen könnte. Ich suche den Zettel mit der Telephonnummer dieses Mädchens, das ich gestern kennengelernt habe. Ich finde ihn in der inneren Brusttasche meines Sakkos, zusammengerollt und an dem einen Ende etwas mit Blut verschmiert. Als ich mir ins Gesicht greife, spüre ich die Kruste. Im Badezimmer wasche ich mir Mund, Nase und Kinn. Ich gehe wieder in die Küche und wähle die Nummer. Es antwortet nur ein Tonband, besprochen von einer männlichen Stimme. Ich lege auf, ohne eine Nachricht zu hinterlassen. Am Küchentisch liegt eine Zigarette. Da ich nirgendwo ein Feuerzeug finde, entzünde ich sie an der Herdplatte. Ich blicke auf den Kalender. Samstag. Ich hätte auf Donnerstag getippt.

Es ist ein warmer Tag, und ich gehe Lukas besuchen, in den dritten Bezirk. Das Haus ist der einzige Neubau in der Straße. Auf dem Gehsteig, nahe vor dem Haus, geht ein Mädchen. Weil ich unabsichtlich direkt hinter ihr gehe, dreht sie sich kurz beunruhigt um. Als sie im selben Hauseingang verschwindet, in den ich muß, ist es mir zwar unangenehm, daß ich ihr wahrscheinlich Angst einjage, aber ich folge ihr. Um arglos zu erscheinen, räuspere ich mich und schleife etwas mit den Schuhen, aber als sie merkt, daß ich immer noch hinter ihr gehe, scheint sie sich mehr zu fürchten. Ich bin für einen Moment im Zweifel, ob ich etwas sagen soll wie: »keine Angst« oder so, aber dann traue ich mich nicht. Beim Aufzug habe ich sie eingeholt. Sie schaut mich herausfordernd und ängstlich zugleich an und hat eine Hand in der Tasche, wahrscheinlich um notfalls schnell einen Tränengasspray hervorziehen zu können. Ich lächle höflich, sage »hallo« und bleibe neben ihr stehen, die Hände in den Jackentaschen. In ihren Augen ist ein Anflug von Panik. Als der Lift kommt, halte ich ihr die Tür auf und steige hinter ihr ein. Zu allem Überfluß drückt sie den fünften Stock, wo auch ich hinmuß. Sie sieht mich komisch an, als ich keinen anderen Knopf drücke. Ich presse mich an die Wand des Aufzugs, weil ich die Befürchtung habe, daß sie bei der kleinsten Bewegung ihr Tränengas zum Einsatz bringen könnte. Die Fahrt dauert ewig. Ich biete mich an, ihr wieder die Tür aufzuhalten. Wie als Entschuldigung zeige ich dorthin, wo Lukas wohnt. Sie bleibt nur stehen und schaut, die Hand weiterhin in ihrer Tasche, mir zu, wie ich klingle und wie Lukas mir öffnet und ich schließlich eintrete und die Tür rasch hinter mir zudrücke.

Ich nehme mir ein Bier aus dem Kühlschrank und setze mich zu Lukas ins Wohnzimmer, wo er sich gerade eine Spielshow ansieht und etwas raucht. Während eines Werbeblocks erzähle ich von meiner Begegnung im Aufzug. Lukas meint, daß das Mädchen eine Prostituierte ist, die nebenan mit ihrem kleinen Sohn wohnt.

Anna lerne ich bei der Lesung eines Freundes kennen. Sie kennt ihn, und er stellt mich ihr vor. Ich frage sie nach der Veranstaltung, ob sie einmal mit mir auf einen Kaffee gehen würde, und sie sagt »ja«. Ein paar Tage später rufe ich sie an, und wir machen aus, uns am Abend zu treffen. Wir reden viel und beschließen, uns wiederzusehen.

An einem der nächsten Tage fahre ich mit Anna in das Haus meiner Eltern, das auf dem Land liegt.

Wir gehen spazieren, dann sitzen wir im Freien und trinken Wein, dazu essen wir Nüsse, die noch nicht ganz ausgereift sind und bei denen man die Haut abziehen kann.

In meiner Nachbarwohnung lebt eine alte Frau. Ich grüße sie immer höflich, und sie grüßt zurück. Sie scheint direkt darauf zu lauern, begrüßt zu werden. Manchmal, wenn ich gerade nach Hause komme oder die Wohnung verlasse, öffnet sich die Tür der Nebenwohnung, und ihre Stimme schallt herüber. Ich bin einmal im selben

Bus wie sie gefahren, ohne daß sie mich gesehen hatte. Als eine andere alte Frau ihr den Behindertenplatz wegschnappte, begann sie fürchterlich zu schimpfen. Ich habe noch nie einen alten Menschen gehört, der so ordinär war. Sie beschimpfte die Frau drei Stationen lang, und als diese aussteigen mußte, wünschte sie ihr noch einen qualvollen Tod. Ich war beeindruckt.

Auf meinem Anrufbeantworter ist eine Nachricht von Judith, aus Berlin. Sie sagt, sie ist eine Woche in Wien, ob wir uns nicht treffen können. Ich habe sie bestimmt zwei Jahre oder länger nicht gesehen. Das letzte, woran ich mich erinnere, ist, daß ich sie in Berlin besuchte. Sie hatte dort eine Theateraufführung. Ich war mit dem Zug gekommen, und sie holte mich ab. Am selben Abend war die Premiere. Es war ein furchtbares Stück, und ich langweilte mich. Als alles vorbei war, gab es die Premierenfeier. Ich saß auf einem Stuhl an der Wand, gleich neben dem Tisch mit den Getränken, und rauchte eine nach der anderen. Die Leute waren furchtbar affektiert, und ich tat alles, damit sie mich nicht mochten. Am nächsten Tag mußte Judith in eine Wohnung am Prenzlauer Berg umziehen. Ich half ihr dabei. Am Abend ging sie ins Theater und nachher auf irgendeine Party, und ich sah mir »Viva Maria« in einem Hinterhofkino an. Nach dem Film kaufte ich mir etwas zu essen und ein paar Dosen Bier und fuhr in die Wohnung zurück. Weil es dort eiskalt war, wickelte ich mich in einen Vorhang und ließ meine Schuhe an. Die Räume waren noch ganz leer, nur die Koffer vom Umzug standen da. Im Kühlschrank waren eine leere Tube Senf und eine Flasche, halbvoll mit Himbeersirup. Ich sah in Judiths Koffer und überlegte mir, ob ich die Briefe lesen sollte, die in einem Plastiksack in einem der Koffer lagen, aber dann freute mich das auch nicht. Ich sah Judiths Bücher durch. In einem fand ich einen Satz angestrichen, den ich mir, damals, als ich das gleiche Buch las, herausgeschrieben hatte. Es war der Satz: *Ich hatte das Bedürfnis, jemanden zu lieben, aber wenn ich mir vorstellte, wie das im einzelnen wäre, wurde ich mutlos.*

Gegen fünf Uhr morgens kam Judith. Sie war leicht betrunken oder eingeraucht. Ich küßte sie, aber sie wehrte ab. Sie sagte, ihr ist kalt, und dann drehte sie sich auf die Seite, um zu schlafen. Plötzlich wurde ich wütend, stand auf, packte meinen Koffer und sagte, daß ich jetzt gehe. Sie sagte nichts. Als ich bei der Tür war, hoffte ich noch kurz, sie würde mich bitten dazubleiben, aber sie schwieg. So stand ich um halb sechs in Berlin und wußte nicht recht, wohin ich gehen sollte. Schließlich fuhr ich zum Bahnhof und stieg in den Zug nach Wien.

Das war die letzte Erinnerung, die ich an Judith hatte.

Ich treffe sie vor einem Café, an dessen Tür ein Zettel klebt: »Im August und September am Sonntag geschlossen.« Da ich eine Viertelstunde zu früh bin, gehe ich um den Häuserblock und hebe eine Kastanie auf, die noch fest in ihrer Stachelschale steckt und behalte sie in der Hand, um sie Judith zu schenken.

Als sie kommt, merke ich, wie sie sich verändert hat.

Wir gehen in ein anderes Café, und sie erzählt mir von ihren Theaterstücken, und ich merke bald, wie sie mich mit sanften Augen anblickt, aber ich steige nicht darauf ein, weil es mir auf einmal viel zu leicht erscheint, sie rumzukriegen.

Dann kaufen wir uns zwei Flaschen Wein, die wir bei mir zu Hause trinken, während wir uns ein Video ansehen. Wir liegen dabei nebeneinander auf der Couch und tun so, als würden wir nicht bemerken, was unsere Finger miteinander machen.

Als der Film aus ist, küßt sie mich. »Jetzt ist Revolution«, sage ich. Sie blickt mich verwirrt an, ich deute auf die Digitaluhr am Videorecorder, die 18:48 zeigt, und sie lacht.

Ich lasse mir ein Bad ein. Als ich drinnen liege und sie ins Badezimmer kommt, frage ich sie zum Spaß, was sie mir für eine Nacht zahlt, wieviel ihr eine Nacht mit mir wert ist. Sie sieht mich an und sagt: »Du Depp«.

Diesmal ist sie es, die geht.

»Ist dir eigentlich aufgefallen«, sagt Peter, »daß man kaum mehr vernünftige Gespräche führen kann? Man redet im Grunde nur noch über Filme, Musik, Drogen und wer mit wem gevögelt hat, ohne sich für diese Geistlosigkeit zu genieren.«

»Du wirst doch kein Moralist geworden sein«, sage ich und hebe seine Zigarettenschachtel hoch, was soviel heißen soll, wie: »Darf ich eine Zigarette haben?«

»Natürlich bin ich ein Moralist«, erwidert Peter und nickt, »warum sollte ich keiner sein? Und überhaupt: Wer ist kein Moralist?«

Nachdem wir eine Flasche Wein geleert haben, beschließen wir, zu den alten Gasometern zu fahren, wo auch manchmal Raves stattfinden. Peter hat erzählt, daß man in einen hineinklettern und bis auf das Dach gelangen kann. Bei der vorletzten U-Bahnstation, dort wo die Schlachthöfe sind, steigen wir aus. Wir gehen zu Fuß zehn Minuten, bis wir vor den Gasometern stehen. Nacheinander ziehen wir uns über eine Mauer und schlüpfen durch ein Fenster hinein. Innen führt eine Eisentreppe in einer Spirale, die Rundung des Gebäudes entlang, zu einer Luke, durch die man auf ein Vordach kommt. Von dort klettert man eine Leiter hoch und befindet sich auf der Kuppel. Weiter geht es nicht. Schließlich sitzen wir ganz oben und rauchen eine Zigarette. Der Körper ist viel zu erschöpft vom Aufstieg, um Angst zu haben. Aus dem Gasometer nebenan hört man einen dumpfen Bass wummern.

Fast eine Stunde bleiben wir auf dem Dach.

Als wir wieder unten sind und Richtung U-Bahn gehen, ist da ein Gefühl von Unendlichkeit. Später sitzen wir in einem Lokal, mit aufgeschürften Händen und schmutzigem Gewand, glücklich und im stillen Einverständnis, über das Glück zu schweigen.

Am Nachmittag, nachdem Nina gegangen ist, sitze ich allein in der abgedunkelten Wohnung, rauchend. Von draußen hört man das Hämmern eines Arbeiters auf einer Baustelle. Es ist schon kühl draußen. Die letzte Wärme des Sommers hat sich aufgebraucht, und eine neue kommt nicht nach. Ich stelle mir vor, wie ich viel zu selten in den letzten Sommern auf Wiesen lag oder durch die vom Tag aufgeheizten Gassen in der Innenstadt schlenderte. Jedes Jahr aufs neue nehme ich mir vor, dieses Mal den Sommer nicht brachliegen zu lassen, ihn nach besten Kräften auszuschöpfen, und jedes Jahr finde ich mich dann wieder auf der Straße, überrascht vom sichtbaren Hauch, den mein Atem in der Luft hinterläßt, und der Sommer scheint wieder einmal vorübergegangen zu sein, ohne eine Spur zu hinterlassen. Immer sind es nur die Erinnerungen, die das, was war, ersetzen sollen.

Jetzt sitze ich also in einem Raum meiner Wohnung, den man am ehesten als Wohnzimmer bezeichnen könnte, und stecke mir die Zigarette verkehrt, mit dem glühenden Ende zuerst, in den Mund, nur um es einmal auszuprobieren. Es schmeckt unangenehm, gar nicht nach Zigarette, mehr nach Lagerfeuer oder Schwelbrand.

Ich rufe Anna an, auf ihrem Handy. Sie sagt, sie sitzt gerade in einem Café in der Gumpendorferstraße und unterhält sich mit einem Freund. Ich fühle, daß ich störe. Sie sagt, sie meldet sich am Abend bei mir. Als ich aufgelegt habe, zünde ich mir noch eine an, obwohl ich eigentlich gar keine Lust habe zu rauchen.

Auf dem Kasten, mir gegenüber, stehen zwei alte Lichtmühlen, die ich von meiner Großmutter geschenkt bekommen habe. Eine davon dreht sich immer, wenn ich das Licht einschalte, die andere nur neben einer sehr starken Lichtquelle. Wenn man sich beim Hinschauen konzentriert, kann man die eine Mühle sich in die andere Richtung drehen lassen, wie bei einem Umspringbild. Ich spiele das, wenn mir langweilig ist. Wie jetzt.

Ich nehme das Buch zur Hand, das ich heute gekauft

habe. »Keiner weiß mehr« von Rolf Dieter Brinkmann. Ein Freund hat es mir empfohlen. Ich lese die ersten zwanzig Seiten mit wachsendem Interesse, aber dann lege ich es beiseite und starre noch ein bißchen auf die zwei Lichtmühlen. Ich könnte ja rausgehen, denke ich mir, könnte mich in irgendein Lokal setzen, etwas lesen oder etwas schreiben. Ich könnte im Augarten spazieren gehen oder mir ein Gramm Dope besorgen und den Tag im Rauch auflösen. Oder ich könnte jemanden anrufen, Peter oder Lukas oder Hannes. Wir würden einander irgendwo treffen, herumsitzen, Bier oder Wein trinken und über Filme oder Musik reden.

Stattdessen raffe ich mich auf, einkaufen zu gehen. Ich muß nur die Straße überqueren, da ist schon ein Supermarkt. Ich krame in meinem Portemonnaie nach einer passenden Münze für den Einkaufswagen, aber ich finde keine, deswegen muß ich eine Kassiererin bitten, mir einen Geldschein zu wechseln. Als ich dann durch die Gänge mit den angefüllten Regalen gehe, fällt mir nichts ein, was ich kaufen will. Um mir aber die peinliche Erklärung an der Kassa zu ersparen, schlichte ich ein Päckchen Kaffee, drei Tiefkühlpizzas und vier Dosen Cola in den Wagen. Als ich zu Hause bin, räume ich alles in den Kühlschrank, und dann sitze ich wieder wie vorher in dem großen Fauteuil, vor mir die Zigarettenschachtel, der Aschenbecher, den ich einmal in einem Café mitgehen habe lassen, und das Buch, und ich kann mich immer noch nicht entschließen, etwas anzufangen. Ich könnte ja auch fernsehen, aber mich ekelt schon im vorhinein vor der Benommenheit, die ich nach dem Fernsehen verspüren würde. Das ist so, wie wenn ich eine Zeitung lese, dann denke ich nachher für eine Stunde oder mehr exakt in dieser Zeitungssprache. Mit den Illustrierten ist es dasselbe. Sie zu lesen, ist so, wie sich einen Videoclip anzusehen. Unglaublich einfach und mühelos und unglaublich lähmend und betäubend.

Ich überlege mir, ob Nina wohl schon im Zug sitzt, aber es ist noch zu früh dafür. Früher habe ich sie gerne zum Bahnhof gebracht. Nicht nur, weil ich Bahnhöfe mag, sondern auch, weil ich gerne mit ihr gewartet und ihr gerne nachgewunken habe, wenn der Zug losfuhr. Aber seit einiger Zeit ist das nicht mehr so. Wenn ich es noch tue, dann ist es so, als würde ich nur etwas nachspielen. Alles, was ich dabei sage, wirkte lächerlich und aufgesetzt, als würde ich nur einen eingelernten Text herunterleiern. Nina hat das natürlich gemerkt. Aber trotzdem kann ich es nicht ändern.

Die Ernte 23-Packung liegt geöffnet auf dem Tisch. Ich greife hin und zünde mir eine an. Aus dem Buch von Brinkmann, das ich heute fertiggelesen habe, habe ich mir eine Stelle herausgeschrieben: »*Es war sein Nichtstun, sein Dasitzen am Tisch, ein andauerndes Sichaufteilen. Das war ihm vorher noch nie passiert. Er konnte es jetzt so sehen und begreifen. Sein Nichtstun als Nichtstun und sein Dasitzen am Tisch als sein Dasitzen am Tisch, schlimm, schlimm das Selbstmitleid.*«

Ich bin, während ich rauche, am Nachdenken, ob ich die Vorlesung um sechs Uhr abends besuchen soll. Ich habe sie schon letzte Woche versäumt, und auch diesmal fehlt mir die Lust hinzugehen.

Als ich mich gerade anziehe, um doch das Haus zu verlassen, läutet das Telephon. Es ist Anna. Sie fragt, ob ich etwas mit ihr machen will. Ich sage ihr, daß ich nichts vorhabe, und daß ich mich sonst jetzt irgendwo hingesetzt hätte, um etwas zu trinken. Sie schlägt mir vor, zu ihr zu kommen. Ich sage »gut« und »bis gleich« und gehe los.

Draußen ist es schon merklich kälter geworden. Ich bedaure es, daß ich meine Handschuhe nicht mitgenommen habe. Als ich bei Anna ankomme, vermeide ich, daß sie meine kalten, feuchten Hände berührt. Wir setzen uns in die Küche, und im Kassettenrekorder läuft »TV Kult Hits«. Anna erkundigt sich fürsorglich, ob ich etwas essen möchte, und ich sage »nein», stattdessen will ich etwas trinken, und sie gibt mir eine Weinflasche, die ich mit einem modern gestylten Öffner, mit dem ich mich nicht ganz auskenne, aufzubekommen versuche. Dann fragt sie mich, ob ich etwas rauchen möchte, sie hat gerade ein ganz feines Gras bekommen, und ich sage wieder »nein», weil ich nicht in der Stimmung dazu bin. Also schaue ich ihr zu, während sie sich einen Joint baut und anzündet und raucht, und ein paar Züge nehme ich doch, aber ich spüre nicht viel davon und schenke mir ein Glas Wein ein.

»Was gibt es bei dir Neues?«, fragt sie und hält mir noch einmal den Joint hin.

Ich lehne ab und sage: »Nichts Aufregendes«, erzähle ihr vom gestrigen Abend und daß ich im Moment überhaupt nichts tun kann, weder lesen noch schreiben noch sonst irgendwas. Ich kann nur vor dem Fernseher sitzen und mir Videos ansehen, eins nach dem anderen. »In den letzten drei, vier Tagen habe ich sicherlich an die fünfzehn Filme gesehen«, sage ich und zähle ein paar Titel auf. Aber während ich das tue, merke ich, wie uninteressant mein eigenes Gerede ist, und ich höre damit auf.

Irgendwann einmal, in der fünften oder sechsten Klasse Mittelschule, verließ ich während des Unterrichts das Klassenzimmer unter dem Vorwand, auf die Toilette zu müssen. Ich wollte einfach nur während der Unterrichtszeit im Schulhaus sein, um das Summen zu hören, von dem das ganze Gebäude erfüllt war. Dann ging ich doch zu den Toiletten. Ich hatte schon die ganze Zeit mit einem Feuerzeug gespielt, aber plötzlich legte sich ein Schalter in meinem Kopf um, und ich hielt das Feuerzeug unter das Abflußrohr eines Waschbeckens. So lange, bis ich ein Loch ins Plastik gebrannt hatte. Jedesmal also, wenn man das Wasser aufdrehte, floß es auf den Boden. Dann ging ich zurück ins Klassenzimmer. In der Pause stand ich wieder im Toilettenraum, um mir das Ganze anzuschauen. Als ein Lehrer zufällig hereinschaute und daraufhin jemanden nach dem Schulwart schickte, half ich sogar mit, das Wasser aufzuwischen, so eifrig, daß der Verdacht auf mich fiel. Der Lehrer fragte mich nach meinem Namen und meiner Klasse. Ich antwortete. Seltsamerweise passierte nie etwas. Ich wurde nicht zur Verantwortung gezogen.

Judith ruft an. Sie ist wieder einmal auf einen Sprung in

Wien, und sichtlich hat sie mir verziehen. Sie lädt mich zum Essen ein. Ich habe zwar keine besondere Lust, aber ich fahre trotzdem zu ihr. Während sie kocht, lehne ich in der Küche am Kühlschrank und trinke ein Bier. Nachdem wir gegessen haben, sitzen wir im Wohnzimmer. Ich stehe von Zeit zu Zeit auf und blicke aus dem Fenster. Sie schlägt vor, mir etwas auf dem Klavier vorzuspielen. Während sie Brahms und Debussy spielt, lasse ich mich in einem Samtfauteuil nieder und kritzle auf einem Block herum. Das Klavier knarrt, wenn sie auf die Pedale tritt. Ich fühle mich eine Zeitlang herrlich eingelullt und wage kaum, mich zu bewegen oder zum Weinglas zu greifen, aber dann, als mir einfällt, daß ich ja etwas Lobendes sagen muß, wenn sie aufgehört hat zu spielen, fühle ich mich schon wieder unwohl.

Ich sitze einer großen Regalwand gegenüber, mit Büchern, die ich sicherlich schon tausendmal in tausend anderen Wohnungen gesehen habe. Darunter die Bildbände: Die Eremitage, Großer Atlas der Erde, Die Hethiter sowie die obligatorischen Donauland-Ausgaben der Klassiker, garantiert ungelesen. Die andere Hälfte des Regals ist vollgefüllt mit Photoalben, von denen ich, während sie am Klavier sitzt, eines durchblättere. Als Zugabe spielt sie ein Stück von Chopin, und als ich genauer zuhöre, wird mir ein bißchen schwindlig. Dann setzt sie sich neben mich und gibt mir einen Stapel Photos vom letzten Urlaub mit zwei Freundinnen in der Toskana. Beim Durchschauen weiß ich nicht mehr, welches das erste Photo war, und ich blättere den Stapel ungefähr dreimal durch, bis ich ein Bild wiedererkenne.

Als sie mir durch die Haare fährt, sage ich ihr, daß ich mich nicht so gut fühle und ob sie das versteht, und zwei Minuten später laufe ich die Treppen des Hauses hinunter und trete erleichtert auf die Straße.

Es ist Samstag. Gegen elf Uhr stehe ich auf, ziehe mich an und gehe auf den Flohmarkt beim Naschmarkt. Ich schlendere zwischen den Menschen an den Verkaufsständen dahin, vorbei an den Waren, die auf dem Boden ausgebreitet sind, Kleider, Regenschirme, Bilder, Trödel eben. Dann stelle ich mich an einen Stand und trinke ein Bier. Ich bekomme es in einem Pappbecher. Es ist warm und schal, aber es schmeckt mir. Als ich ausgetrunken habe, muß ich aufs Klo. Ich gehe in eine öffentliche Toilettenanlage. Im Rinnsal des Urinoirs liegen Zigarettenstummel und ein rosa Präservativ, das langsam Richtung Abfluß schwimmt. Ich habe in öffentlichen Toiletten jedesmal die Angst, jemand könnte mich für schwul halten und mir ein Angebot machen.

Als ich wieder herauskomme, stoße ich fast mit einem Zeitungsverkäufer zusammen. Ein kleines Mädchen sagt im Vorbeigehen »diese Besoffenen!«, in einem so altklugen Ton, daß ich weiß, sie hat das einmal genau so von ihren Eltern gehört.

An den Plakatwänden der U-Bahnstation, an denen ich jetzt entlanggehe, sitzen Obdachlose und trinken Wein aus Doppelliterflaschen. Ein Jugendlicher fragt mich, ob einen Zwanziger für ihn habe, aber ich schüttle den Kopf und gehe weiter. Draußen, zwischen den Verkaufsbuden und den Zelten, in denen Sturm und Glühwein angeboten werden, fließt ein dichter Strom von Menschen, in dem ich mich treiben lassen kann.

Früher haben mich Flohmärkte interessiert, aber heute stoßen sie mich nur noch ab. Trotzdem fühle ich mich auf einmal in dem Gedränge unglaublich wohl. Eine Frau fragt mich etwas in einer fremden Sprache, die ich nicht verstehe, und hält mir ein eingepacktes Hemd entgegen. Ich sage »nein, danke« und gehe weiter.

An einem Stand entdecke ich ein Mädchen, das ich flüchtig kenne. Ich stelle mich hinter sie und tippe ihr leicht auf die Schulter. Sie wirkt nicht überrascht, als sie sich umdreht und mich begrüßt. Ich frage sie, ob sie Zeit für einen Kaffee hat, aber sie sagt, daß sie sich mit einer Freundin trifft, also verabschiede ich mich von ihr.

Ich verlasse den Flohmarkt und spaziere durch ein paar Gassen, bis ich vor einem Sexshop stehenbleibe. An den Fenstern werden in bunten Lettern eine Peepshow und Kabinensex angeboten. Ich mache die Türe auf und trete ein. Drinnen ist es halbdunkel, und es riecht leicht muffig. Laute Musik kommt aus unsichtbaren Lautsprechern. An der Kassa wechsle ich einen Hunderter in Zehnermünzen und gehe in eine Peepshowkabine. Ich sperre die Tür hinter mir ab und werfe eine Münze ein. Die Scheibe vor dem Fenster senkt sich, und ich sehe eine Frau, die auf einem sich drehenden Boden nackt tanzt. Nach einer Weile wird sie von einer anderen abgelöst. Ich betrachte auch diese eine Zeitlang, werfe alle Münzen ein, die ich noch in der Tasche habe. Kurz überlege ich, ob ich mir einen runterholen soll, aber ich bin mir nicht sicher, ob sie mich nicht vielleicht sehen kann. Einmal hat sie mir zugelächelt, habe ich mir eingebildet.

Nachdem das Geld verbraucht ist, sperre ich auf und gehe zu der Tür, wo »Kabinensex« angeschrieben steht. Drinnen ist eine große Glaswand, und davor steht ein Sessel. Daneben ist ein Kasten mit Nummerntasten und darüber die dazugehörigen Bilder von nackten Mädchen. Ich setze mich auf den Sessel und wähle Nummer 33. Kurz darauf kommt eine Frau durch eine Tür hinter der Glaswand. »33 ist nicht da«, sagt sie. »Willst du ein anderes Mädchen, oder bin ich dir recht?« Ich sage, daß sie mir schon passen würde, und reiche ihr das Geld durch eine Luke. Sie gibt mir eine Küchenrolle. Dann zieht sie sich ganz aus, nimmt einen Vibrator und fragt mich, was ich denn gern hätte. Ich sage: »Ich weiß nicht«, und sie antwortet: »Na, ich mach einmal«, und dann beginnt sie sich den Vibrator einzuschieben. Ich sehe ihr dabei zu. Nach einer Weile meint sie: »Na, du mußt aber auch was machen. Ewig habe ich nicht Zeit.« Ich werde rot und sage »ah so« und erkläre ihr umständlich, daß ich jetzt keine Lust dazu habe, worauf sie »na gut« sagt und sich wieder anzieht. Ich stehe auf, sage »danke« und verlasse die Kabine. Ich überlege, ob ich nicht doch noch einmal hineingehen soll, aber da verläßt mich die Lust ganz, und ich gehe wieder auf die Straße.

»Ich habe oft die Empfindung, wenn ich mit einer Frau zusammen bin, als wäre das gar nicht ich, vielmehr komme ich mir vor wie ein Statist, der bei Dreharbeiten abseits sitzt und auf seinen Einsatz wartet. Ich fühle mich dann so hilflos, so ausgesetzt, so, als wäre da etwas, das wächst und wächst und irgendwie ein Teil von mir ist, das mich aber ausspart oder nicht beachtet«, sage ich zu Anna, mit der ich im Café Westend sitze.

»Du meinst, daß du dich von der Liebe überfordert fühlst«, erwidert sie.

»Nein. Ja. Ich weiß nicht. Ich fühle mich eher gar nicht angesprochen. So, als könnte es unter gar keinen Umständen ich sein, der da gemeint ist. Als würde mir so etwas nicht zukommen dürfen.«

Ich schaue Anna zu, wie sie einen Schluck Kaffee nimmt und sich eine Zigarette anzündet. Ihre Bewegungen sehen aus, als würden sie von etwas ablenken wollen, als wären sie Abkömmlinge einer anderen, großen Bewegung. Sie sieht mich an und lächelt. Als ich mir ein Haar aus dem Mundwinkel wische, greift sie sich an dieselbe Stelle, weil sie glaubt, ich will sie auf einen Makel an ihr aufmerksam machen. Jetzt bin ich es, der lächelt.

Ich stehe auf, um eine Zeitung zu holen. Auf dem Weg durch das Café bis zu dem Tisch, wo die Zeitungen und Illustrierten liegen, weiß ich nicht, was ich mit meinen Händen machen soll. Wenn ich sie einfach nur hängen lasse, komme ich mir plump vor, deswegen stecke ich sie in die Hosentasche. Auf dem Rückweg bin ich froh, etwas in den Händen halten zu können.

Anna hat mich beobachtet. »Du hast einen komischen Gang«, sagt sie, »so federnd, als hättest du gerade etwas Schweres getragen.«

Ich schlage die Zeitung auf und suche das Kinoprogramm. In den Kinos, in die ich gerne gehe, wird nichts gezeigt, was mich interessiert.

Plötzlich, ich weiß nicht, wieso, fühle ich mich von Anna und der Art, wie sie dasitzt und raucht und im Café umherblickt, irgendwie verraten und beleidigt. Ich rühre in meinem Kaffee, schütte noch einmal Zucker nach und blicke Anna an. Sie merkt nichts davon, daß ich enttäuscht bin. Stattdessen fragt sie mich, ob ich jetzt ins Kino gehen will. Ich sage: »Ich weiß nicht«, und sie schlägt vor, daß wir uns bei ihr ein Video anschauen könnten.

»Ich habe keine Lust auf Video«, sage ich.

»Aber ins Kino wolltest du schon gehen«, meint sie.

»Das ist was anderes«, antworte ich, und auf einmal bereue ich es, hier zu sein, bereue es, mit Anna dazusitzen, Kaffee zu trinken und zu reden. Ich stehe auf, sage: »Ich komme gleich«, und gehe auf die Toilette. Am Waschbecken halte ich meine Hände unter das kalte Wasser und fahre mir dann mit den nassen Händen durch die Haare. Ich betrachte mich im Spiegel. Mich stört, daß ich zu faul war, mich zu rasieren. Ich sehe verwahrlost aus.

Auf den Kondomautomaten neben dem Waschbecken hat jemand »Blutiges …« hingeschrieben. Ich überlege, was das heißen soll. Es macht mir Angst, daß es Leute gibt, die so etwas auf Kondomautomaten schreiben. Ich schließe mich in eine Toilette ein. Es riecht nach Ammoniak. Auf dem Spülkasten sind Brandspuren von Zigaretten. Eine Klorolle liegt am Boden. Die Wände sind mit Bandnamen und Sätzen vollgekritzelt. Einer lautet:

»Die Saujuden haben den Holocaust nur erfunden, um von ihren eigenen Verbrechen abzulenken.« Auf einmal werde ich wütend, und ich boxe gegen die Kachelwand, und ein zweites Mal, dann erst spüre ich den Schmerz, der sich von den Handknöcheln hochpulsiert. Ich denke mir, daß es schon weit gekommen ist, wenn ich in Cafétoiletten stehe und meine Faust gegen die Wand schlage. Als ich höre, daß jemand die Toilette betritt, betätige ich die Spülung, entriegle die Tür und trete hinaus. Ich halte noch einmal meine Hände unters kalte Wasser und gehe zurück zum Tisch. Anna fragt mich nicht, was ich so lange gemacht habe. Ich verberge die schmerzende und schon leicht geschwollene Hand unter dem Tisch.

»Zahlen, bitte«, sage ich zu einem Kellner, der gerade mit einem Tablett vorbeigeht. Anna holt ihr Portemonnaie aus der Tasche.

»Ich lade dich schon ein«, sage ich. »Danke«, sagt sie, aber um eine Spur zu schnell, so daß ich merke, daß sie ohnedies damit gerechnet hat. Dem Kellner gebe ich fast den ganzen Betrag in Münzen, um meine Geldbörse wieder etwas dünner und leichter zu machen. Er sagt daraufhin den Satz, von dem ich erwartet habe, daß er ihn sagen wird: »Das macht gar nichts. Wechselgeld kann ich immer brauchen.«

Draußen, vor dem Café, bleiben wir stehen, unschlüssig, ob wir uns hier trennen oder noch etwas zusammen machen sollen. Wir gehen nebeneinander her, und weil wir beide doch noch nicht allein sein wollen, beschließen wir, zu Anna nach Hause zu gehen. Auf dem Weg dorthin schauen wir noch in einen Supermarkt und kaufen drei Flaschen Wein und Brot. Anna will zahlen. »Weil du mich vorher eingeladen hast«, sagt sie.

Die Kassiererin hat müde Augen und einen Blick, der, solange der Kunde nach dem Geld kramt, irgendwo im Raum hängenbleibt, dann aber, sobald die Hände, die die Waren weiterschieben und das Wechselgeld ausgeben, augenblicklich wieder bei der Sache ist. Auf dem Namensschild der Kassiererin steht ein Vorname, den ich noch nie gehört habe. Während Anna zahlt, räume ich die Flaschen und das Brot in einen Plastiksack.

Wir überqueren die Straße, gehen an Boutiquen vorbei, vor denen Anna immer eine Spur langsamer geht und die Auslagen ansieht. Ich bleibe vor einem Buchgeschäft stehen und schaue mir die ausgestellten Bildbände an, während ich auf Anna warte, die sich von einem Schaufenster voller Damenschuhe nicht trennen will. Ich habe kurz das Gefühl, als würde sie das tun, weil man das von einer Frau so erwartet. Sie würde protestieren, wenn ich ihr das sagen würde.

Ich erinnere mich an einen Streit, den wir einmal hatten. Er wurde dadurch ausgelöst, daß ich gesagt hatte, ich kann es nicht ausstehen, daß so viele Frauen zu trippeln anfangen, wenn ich ihnen die Tür aufhalte. Anna wurde wütend und meinte, ich bin ein Vollidiot. »Dann hältst du also die Tür nicht aus Nächstenliebe auf, sondern aus Eitelkeit«, sagte sie. Und ich konnte gar nichts darauf erwidern.

Vor ihrem Haustor steht ein junges Paar. Sie schlüpft gerade aus dem Mantel, während er ihre Handtasche hält. Männer halten Handtaschen von Frauen immer so nachlässig und absichtlich ungeschickt, um nicht weibisch zu wirken, denke ich mir.

Als wir in ihrer Wohnung sind, umarmt mich Anna lange. Ich küsse sie dabei auf den Hals. Dann lösen wir uns voneinander, Anna geht aufs Klo, und ich öffne eine Weinflasche.

Es hat zu schneien begonnen, zum ersten Mal in diesem Jahr. Der Schnee, den ich durch das Fenster sehe, fällt so rasch, als würde er sich beeilen wollen, alles zum Verschwinden zu bringen. Ich habe die Heizung höher gedreht. Obwohl ich im Pullover in der Wohnung sitze, friere ich. Ein Lied, das soeben im Radio lief, klingt in meinem Kopf nach. Ich sitze da und pfeife den Refrain. Aus der Küche höre ich den Geschirrspüler laufen und den Kühlschrank summen, und draußen fällt stumm der Schnee. Ich bin müde und weiß nicht so recht, was ich tun soll. Ich hole die Post aus dem Briefkasten. Außer einem Prospekt eines Erotikversands und der Telephonrechnung ist nichts drinnen. Ich überlege mir, wen ich anrufen könnte, aber mir fällt niemand ein. Ich versuche es bei Anna, doch es meldet sich nur ihr Tonband.

Ich nehme meine Winterjacke aus dem Kleiderkasten, die mit dem Pelzkragen und den Knopflöchern, die aussehen wie die Augen eines alten Elephanten, dazu den Schal, ziehe meine gefütterten Schuhe an und gehe außer Haus. Draußen merke ich, daß der Schnee fast schon ein Schneeregen ist, und es ist noch zu warm, als daß er liegenbleiben könnte. Ich habe kein bestimmtes Ziel. Bei einem Bankomaten hebe ich Geld ab, obwohl ich im

Moment genug bei mir habe. Ich gehe in die Buchhandlung gegenüber und hole mir ein Buch ab. Der Verkäufer kennt mich und legt mir wortlos das Buch hin. Ich zahle und bin schon wieder draußen. Immer noch weiß ich nicht, was ich tun oder wohin ich gehen soll. Ich betrete ein Café, bestelle mir eine Melange und rauche eine Zigarette. Ich muß innerlich über meine Zielund Planlosigkeit lachen. Es kommt mir auf einmal so absurd vor, daß ich nie weiß, was ich tun soll. Sogar das Ins-Kaffeehaus-Gehen ist dann nur so eine Art Notlösung, ein instinktives Ausweichen. Ich gehe einfach irgendwo hin, wo ich eigentlich nicht sein will, bestelle mir etwas zu trinken, worauf ich keine Lust habe, rauche eine Zigarette, obwohl mir nicht danach ist, und ich habe keine Ahnung, wie ich dem vorausgedachten Ablauf entgehen kann. Die anderen Leute auf der Straße, so kommt es mir vor, haben immer irgend etwas Bestimmtes zu erledigen. Ihre Wege sind Geschäftswege oder Einkaufswege, und alles, was sie tun, geschieht mit einer Absicht, einem Plan. Manchmal bekomme ich tatsächlich ein schlechtes Gewissen, wenn ich die Leute so sehe, die alle wissen, was zu geschehen hat und wo es langgeht. Aber wahrscheinlich täusche ich mich da nur. Ich bin auf jeden Fall einer derjenigen, die selten wissen, wo es langzugehen hat, und wenn, dann gehe ich auch da Umwege oder Abkürzungen. Vielleicht ist das auch der Grund, warum ich so eine Anziehung auf Verrückte und Strotter habe. Es vergeht kaum ein Tag, an dem ich nicht von einem solchen angesprochen werde. Das letzte Mal war es ein Wahnsinniger bei einer Straßenbahnhaltestelle. Er kam auf mich zu und begann mir unvermittelt zu erzählen, daß er seiner Frau mit einer Machete den Kopf abgetrennt hat und daß er jetzt auf der Flucht ist. Ich sagte »aha« und »das ist schlecht« und fürchtete mich etwas, dann kam aber zum Glück schon die Straßenbahn, und er stieg in einen anderen Waggon ein als ich. Ein andermal saß ich allein in einem Hörsaal und las etwas, da kam ein Student herein, der auf den ersten Blick leicht behindert aussah. Er schielte mit einem Auge und hatte eine Brille mit sehr dicken Gläsern auf. Er fragte mich, ob ich kurz Zeit habe, um mit ihm armzudrücken. Das sei nämlich sein Hobby. Ich sagte: »Warum nicht?«, dann setzte er sich mir gegenüber, und wir drückten Arm. Ich ließ ihn zweimal gewinnen, dann verabschiedete er sich und ging wieder.

Das alles fällt mir ein, während ich an meiner Melange, die schon kalt geworden ist, nippe und in der Zeitung blättere, die ich mir geholt habe. Das Lokal ist ziemlich leer, nur ein paar Weintrinker, die stumm vor ihrem Glas sitzen, und zwei, drei Studenten, die ein Buch oder eine Zeitung lesen. Im vorderen Teil des Lokals läutet irgendwo ein Handy nach der Melodie von »Für Elise«.

Sonntag. Nachdem ich aufgestanden bin, gehe ich ins Badezimmer und betrachte mich im Spiegel. An meinem linken Auge führt die eingetrocknete, weißliche Spur einer Träne bis zum linken Mundwinkel hinunter. Ich erinnere mich, daß ich, im Bett liegend, gegähnt hatte und mir daraufhin eine Träne über die Wange gelaufen war. Jetzt sehe ich ihren mäanderhaften Verlauf in meinem Gesicht, und ich erschrecke ein wenig, denn es sieht irgendwie aus wie eine Verletzung. Ich wasche mir mit kaltem Wasser das Gesicht, fühle dabei, wie rauh meine Hände sind. Auch die Bartstoppeln stören mich, aber ich bringe jetzt nicht die Kraft auf, mich zu rasieren. Zu duschen habe ich ebenfalls keine Lust. Am liebsten würde ich mich wieder ins Bett legen, aber stattdessen schlüpfe ich ungewaschen in meine Kleider, die auf einem Stuhl im Schlafzimmer liegen und die ich auch schon gestern angehabt habe. Sie liegen da wie die Haut eines Tieres, zerknittert und wie verschrumpelt. Dann setze ich mich in die Küche und trinke ein Cola. Ich schalte das Radio ein, drehe zu verschiedenen Sendern, aber ich finde nichts, was mir gefällt und zu meiner Stimmung paßt.

Ich spiele mit einer häßlichen Figur aus einem Überraschungsei, die neben dem Radio steht. Etwas Bedrohliches geht von der Unbeweglichkeit der Gegenstände im Raum und meiner Regungslosigkeit ihnen gegenüber aus, und ich habe Angst, daß mein hilfloses Dasitzen dieses Gefühl noch verstärkt und die Gegenstände gleichsam anstachelt, meine Gegenwart undenkbar zu machen.

Die Geräusche des Kühlschranks und der Autos auf der Straße, die Stimmen aus dem Hof, das tiefe Pfeifen der Tauben, das klingt, als würde jemand durch hohle Hände blasen, diese Geräusche sind aufdringlich und beunruhigend nah, als würden sie mich umstellen wollen.

Ein ähnliches Gefühl, wie das, das ich empfand, wenn ich als Kind mit Fieber im Bett lag, steigt in mir hoch. Ich hatte da immer Angst vor etwas Unaussprechlichem, vor etwas, das sich auf mich zuwälzt, das mich bedroht wie eine Lawine. Ich weiß noch, daß ich einmal, als ich mich vor diesem großen, unabwendbaren Etwas fürchtete, das jetzt, in der Erinnerung eher zu einem großen, noch bedrohlicheren Nichts wird, aus dem Fenster springen wollte, es aber nicht aufbekam.

Ich beschließe, mich nicht weiter auf meine Erinnerungen einzulassen, und ziehe mich an, um auf die Straße zu gehen. Noch während ich mir die Schuhe zuschnüre, ärgere ich mich über meine Handbewegungen dabei, die ich mit so einer Bedachtsamkeit ausführe, als würde ich von der Absicht beherrscht werden, es besonders gut machen zu müssen.

Ich schalte noch den Anrufbeantworter ein, obwohl ich weiß, daß heute, am Sonntag, niemand anrufen wird, und fühle mich plötzlich diesem so tatenlosen Tag viel zu nah, ausgeliefert seiner Distanzlosigkeit.

Am Donnerstag zu Mittag sitze ich in der Universität auf den Stufen vor dem Hörsaal, in dem bald ein Seminar beginnt, das ich besuchen muß. Ich habe noch eine Viertelstunde Zeit, rauche eine Zigarette, grüße hin und wieder bekannte Gesichter, wechsle ein paar Worte mit jemandem. Während ich so dasitze, wird mir auf einmal bewußt, daß ich ja überhaupt keine Lust auf dieses Seminar habe, und gleich darauf merke ich, daß ich nicht einmal mehr Lust habe, in dieser Stadt zu sein. Ich stehe auf, nehme meine Tasche unter den Arm und laufe die Stufen hinunter bis zum Ausgang. Das Gefühl überkommt mich wieder, möglichst schnell irgendwo anders zu sein. Ich fahre nach Hause und rufe bei der Zugauskunft an, wann der nächste Zug nach München geht. Ich erfahre, daß ich noch eine Dreiviertelstunde Zeit habe. Ich packe die nötigsten Sachen in meinen kleinen Koffer: zwei Hemden, Unterwäsche, Socken und Waschzeug.

Vor meinem Haustor halte ich ein Taxi an und lasse mich zum Westbahnhof bringen. Dort kaufe ich mir die Fahrkarte und ein Bier. Einem Bettler im Rollstuhl gebe ich ein paar Münzen, dann steige ich in den Zug.

Ich suche mir ein Abteil, nehme Platz, öffne mein Bier und beginne, die Gedichte von Li-Tai-Pe in der Übertragung von Klabund zu lesen. Außer mir sind noch ein fetter Minderjähriger, der schwitzend Englischvokabeln lernt, Pepsi trinkt und mit den Zähnen knirscht, im Abteil und eine Frau mit ihrer Tochter. Die Frau liest ein Buch von Erich Fromm, und die Tochter löst das Kreuzworträtsel in einer Zeitung. Als ich meine Bierdose geleert habe, halte ich es nicht mehr aus, ziehe meine Jacke an, nehme meine Tasche und verlasse das Abteil Richtung Speisewagen. Dort sitze ich dann, trinke weiter Bier und fühle mich bedeutend wohler. Ich blicke aus dem Fenster, und alles, was ich sehe, wirkt irgendwie friedlich und verhalten und unverschämt lieblich. Dann setzen sich zwei Frauen zu mir an den Tisch, eine circa fünfzigjährige Deutsche und eine junge Ungarin, und nachdem sie sich einen Rotwein bestellt haben, beginnen sie ihr sichtlich vorher unterbrochenes Gespräch über Hitler fortzusetzen, und anfangs nervt es mich, aber dann ist es mir egal, und ich hoffe nur, daß nicht irgendwelche plumpen Sprüche hochkommen, und versuche, wieder im Li-Tai-Pe zu lesen, aber so etwas geht natürlich nicht, wenn jemand am selben Tisch über Hitlers Werdegang erzählt. Also beschränke ich mich darauf, mein Bier zu trinken und lax aus dem Fenster zu starren.

Als ich das zweite Bier bestelle, redet die Deutsche neben mir gerade über den Fall der Berliner Mauer, und es ist mit einem Mal nicht unangenehm, ihr zuzuhören, weil sie einen Tonfall wie eine enthusiastische Geschichtslehrerin hat, und ich überlege, ob ich sie um eine Zigarette bitten soll. »Wenn die Zeit reif ist, dann ist sie reif«, sagt sie, als sie über den Mauerfall spricht und vor Rührung schon eine etwas belegte Stimme hat, und während mir die Sonne auf die dem Fenster zugewandte Gesichtshälfte scheint und ich zuhöre, fühle ich mich schön eingelullt, und es ist ein bißchen so, als läge mein Körper offen, und jemand würde mir meine Eingeweide streicheln, aber als sie dann überhaupt nicht mehr zum Reden aufhört, fängt sie wieder an, mir auf die Nerven zu gehen, weil ich jetzt wirklich gerne weiterlesen würde. Aber es hilft nichts.

In Linz stehen die beiden Frauen vom Tisch auf und verabschieden sich. Ich sage höflich »auf Wiedersehen«. Als der Kellner vorbeikommt, bestelle ich noch ein Bier. Eine junge Frau fragt mich, ob sie sich zu mir setzen darf. Ich sage »klar« und lächle freundlich. Obwohl ich schon etwas betrunken bin, halte ich mich zurück und rede sie nicht weiter an und lese in meinem Buch. Später, als die Sonne bereits wieder im Dunst steht, bestelle ich mir etwas zu essen. Mir dauert die Fahrt schon eine Spur zu lange, und ich bedaure langsam, daß ich nicht mit dem Auto gefahren bin, denn da hätte ich wenigstens laut Musik hören können.

Ich merke, wie meine Gedanken beginnen, mühsam und dunstig zu werden, und ich bin erleichtert, als endlich mein Paprikahuhn mit Nockerln kommt. Nach dem Essen hält der Zug in Salzburg, und ein Mann nimmt gegenüber von mir Platz. Auch mit ihm werde ich mich wohl kaum unterhalten, denke ich und trinke den Rest von meinem vierten Bier. Am Nebentisch sitzen jetzt zwei Greise und erzählen vom Krieg, in dem sie oft Kopf und Kragen riskiert haben, wie sie sagen. Das ganze erzählen sie einer älteren Frau, die tatsächlich ein bißchen aussieht wie Leni Riefenstahl. Ich bin amüsiert. Wenn man also im Zug von Wien nach München fährt, merkt man, daß es eigentlich von alten Nazis nur so wimmelt. Sie sitzen in den Abteilen und den Speisewägen, trinken Budweiser, so wie ich, und erzählen Anekdoten aus ihrer Zeit als Soldaten in Frankreich. Eigentlich schauerlich, denke ich, aber ich finde es dennoch belustigend, daß es solche Nazi-Archetypen tatsächlich immer noch gibt. Und wie sie so daherreden, in ihren Sakkos mit den langweiligen Krawatten, weißhaarig, bebrillt und ewig überlegend, ob sie jetzt noch einen Vodka Kalinka trinken sollen, denke ich mir, daß ich froh sein werde, wenn der letzte von ihnen von dieser Welt verschwunden ist. Sie wirken auf mich wie Außerirdische, wie Gestalten aus einem Film, und wahrscheinlich fühlen sie sich auch selber so.

Die Fahrt dauert jetzt noch eineinhalb Stunden, sehe ich bei einem Blick auf die Uhr am Handgelenk meines Tischnachbarn, und es freut mich überhaupt nicht mehr, im Speisewagen zu sitzen. Die Landschaft hat sich zwar verändert, denn man sieht nun schneebedeckte Berge, aber es langweilt mich trotzdem, aus dem Fenster zu blicken. Auch das Biertrinken macht mir keinen Spaß. Ich bin eher müde und satt und würde mich jetzt gerne in einem Hotelzimmer auf dem Bett ausstrecken und vor mich hin schlummern.

Ich bestelle mir eine kleine Flasche Weißwein, weil ich hoffe, dadurch die Müdigkeit zu bekämpfen, und ich bekomme einen ungarischen Chardonnay, der gar nicht mal so übel schmeckt. Er weckt auch tatsächlich auf, und zum Glück verschwinden auch die Nazis vom Nebentisch, und die Zuggeräusche übertönen die Gespräche der restlichen Passagiere. Später setzen sich vier Jugendliche an den Tisch hinter mir. Sie sprechen bis kurz vor München über »Gesichter des Todes«. Ich gebe es schon nach einer Minute auf, darüber nachzudenken, und bin froh, als der Zug in den Hauptbahnhof einfährt.

Als ich aussteige, ist es schon längst finster geworden. Ich gehe mit meinem Koffer zu einem Informationsstand und erkundige mich nach einer billigen Pension. Der sehr freundliche Mann hinter dem Schalter nennt mir eine Straße, die sich nahe dem Bahnhof befindet. »Dort finden Sie, was Sie suchen«, sagt er. Ich denke noch eine Weile, während ich Geld abhebe, über diesen genialen Satz nach, dann suche ich die Straße. Ich habe sie bald gefunden. Die billige Pension ist eine Jugendherberge. Ich nehme ein einfaches Zimmer mit Dusche am Gang für eine Nacht, zahle im voraus und fahre mit dem Aufzug bis in den fünften Stock. Im Zimmer ziehe ich mir die Schuhe aus, öffne das Fenster und baue mir einen Joint von dem bißchen Dope, das ich mir mitgenommen habe, und rauche ihn auf dem Bett liegend. Dann gehe ich ein wenig spazieren.

Am nächsten Tag, nachdem ich frühstücken war, rufe ich Peter in Wien an und frage ihn, ob er nicht Lust hat zu kommen. Er sagt »ja«. Den Nachmittag verbringe ich mit der Suche nach einer anderen, möglichst billigen Unterkunft. Ich finde auch eine.

In einer Buchhandlung am Bahnhof lasse ich ein Buch von Tucholsky mitgehen, das ich dann im Zimmer der Pension lese, während ich auf Peter warte. Am frühen Abend hole ich ihn vom Bahnhof ab. Wir grinsen einander an und umarmen uns. Den Rest des Abends sitzen wir bei einem Türken neben unserer Pension und trinken Bier.

Am nächsten Tag regnet es. Um nicht allzu naß zu werden, stehlen wir zwei Regenschirme aus einem Lokal. Dann spazieren wir auf den Viktualienmarkt und fragen einen etwas abgerissen aussehenden Jugendlichen, wo man in München Drogen herbekommt. Er gibt uns für zwei Zigaretten die Nummer von einem Dealer. Außerdem rät er uns, es bei der U-Bahnstation »Universität« zu versuchen. Wir fahren dorthin und kaufen bei einem Mann in einer Lederjacke um fünfzig Mark sehr schlechtes Dope. Dann gehen wir im Englischen Garten spazieren und rauchen beim Chinesischen Turm einen Joint. Schließlich kehren wir zurück zu unserer Pension, liegen faul herum und rauchen uns ein. Als mir das Feuerzeug unter mein Bett fällt, finde ich dort aufgerissene Präservativpackungen und Spritzenhülsen. Es ist fast widerlich.

In der Schublade des Nachtkästchens liegen Wundtupfer, leere Underbergfläschchen und eine Gideon-Bibel. Im Zimmer riecht es, obwohl wir trotz der Kälte beinahe andauernd lüften, schwül, nach Moder und Massageöl.

Nach ein, zwei Stunden gehen wir etwas essen, verlassen das Restaurant, ohne zu zahlen, und rufen die Nummer an, die wir von dem Jugendlichen bekommen haben. Es meldet sich ein Mann mit ausländischem Akzent. Wir erklären vorsichtig, was wir wollen. Der Mann meint, das geht in Ordnung.

Wir machen einen Treffpunkt bei einer S-Bahnstation aus. Es dauert eine Weile. Wir warten ungeduldig. Dann müssen wir beide mit dem Dealer in seinem Auto mitfahren, in eine Gegend, die nur aus Plattenbauten besteht. Dort geht der Freund des Dealers in eines der Häuser und kommt nach zehn Minuten wieder. Wir haben zwei Gramm Koks und Gras bestellt. Wir übergeben das Geld und bekommen die Ware ausgehändigt. An der nächsten Busstation läßt uns der Dealer aussteigen. Wir fahren mit einem Taxi bis zu unserer Pension. Dort sperren wir uns ins Zimmer ein, hängen den Spiegel ab und schütten das Koks, das in Plastik eingeschweißt ist, darauf. »Eher nicht«, meint Peter, nachdem er eine Fingerspitze gekostet hat. »Kaum«, sage ich und lege mit meiner Bankomatkarte vier kleine Linien. Wir haben gemerkt, daß es ziemlich gestreckt ist. »Selber schuld«, sage ich, »welcher Vollidiot kauft auch auf der Straße?« Wir trennen die Bröckchen, die vermutlich wirklich Koks sind, vom Rest. Es ist ungefähr die Hälfte. Das andere ist irgendwas. Innerhalb einer Stunde ist alles Koks weg, den Rest spülen wir im Waschbecken runter. Dazu trinken wir Dosenbier und rauchen Gras.

Am nächsten Morgen, nach drei Stunden Schlaf, nehmen wir den Zug zurück. Allein in einem Nichtraucherabteil, bauen wir uns einen Joint nach dem anderen. Irgendwo auf der Strecke bleibt der Zug abrupt stehen. Nach einer Weile kommt die Durchsage, daß sich jemand vor den Zug geworfen hat. Ein Deutscher, draußen auf dem Gang, echauffiert sich, daß das eine Frechheit ist, und fragt den Schaffner, wann es endlich weitergeht. Dieser meint, es müssen erst noch die Teile gefunden werden. Wir sind froh, daß wir zu eingeraucht sind, um mehr mitzubekommen.

II.
Winter

Ich habe um meine Kindheit gebeten, und sie ist wiedergekommen, und ich fühle, daß sie immer noch so schwer ist wie damals und daß es nichts genützt hat, älter zu werden.

Rainer Maria Rilke

Well, I woke up Sunday morning…

Kris Kristofferson

Ein weiterer Tag, an dem ich nichts zu tun habe. Ich wache gegen halb zehn auf, bleibe aber bis zwei Uhr im Bett liegen, dösend und lesend. Dann esse ich ein Stück Brot mit einer schon älteren Salami, die ich im Kühlschrank gefunden habe, und ziehe mich an, um hinauszugehen. Draußen weht ein eiskalter Wind. Auf den Autos liegt Schnee. In die gefrorenen Pfützen auf dem Gehsteig sind Zigarettenstummeln und Blätter eingeschlossen. Die Hände werden schnell klamm, wenn man sie nicht in die Jackentaschen steckt. Der Himmel wirkt sehr nah, fast zu nah, wie ein Deckel aus Rauch liegt er über den Häusern. Alles, was ich sehe, wirkt wie durch die Kälte eingefaßt. Schon als ich zu Hause saß und aus dem Fenster blickte, kam es mir vor, als wäre das Fenster ein Bilderrahmen, und das, was ich sah, ein Stilleben. Die Gegenstände wirken so statisch, als würde die Luft sie davor bewahren, berührt zu werden. Dadurch scheinen sie aber auch eine Bedeutung zu erhalten, die sie vorher nicht hatten. Sogar ein Haufen Hundekot kommt mir wie der Mittelpunkt von etwas vor, das sich mir, im Vorübergehen, nur für einen Augenblick, wie bei einem Schnappschuß, enthüllt, und sich dann gleich wieder dem Blick entzieht. Es ist so, als würde nicht ich die Dinge anblicken, sondern sie mich, ohne Dauer. So von allen Seiten wie betrachtet, gehe ich an den parkenden Autos und den Geschäftsauslagen vorbei, immer nur für Sekunden von den Eindrücken berührt, im sonstigen aber höchstens als ein von der Kälte und dem Straßenlärm Geduldeter.

Ich schlendere weiter, über den Donaukanal in den zweiten Bezirk. An diesen Tagen wird man von der Dunkelheit eher überrascht, als daß man sie langsam kommen sieht. Es geschieht schlagartig, und mit der Düsterkeit, die mich plötzlich umgibt, scheint sich auch wieder der Himmel weiter von der Stadt zu entfernen.

An manchen Orten im zweiten Bezirk fühle ich mich wie in eine Vorzeit versetzt. Die kleinen Häuser, die vielen, mit Plakaten überpflasterten, längst geschlossenen Geschäfte, die Gassen, die in orientalisch wirkende Plätze mit Bäumen münden, alles hat den Anschein von etwas, das sich selbst überdauert hat. Die Juden auf der Straße mit ihren altmodischen, schwarzen Mänteln, die Flaktürme im Augarten, von denen ich froh bin, daß man sie nicht abreißen kann, und überall Lebenszeichen einer Geschichte, von der es lange her ist, daß sie erzählt worden ist.

Dann sitze ich wieder daheim, zerschlagen und erschöpft, obwohl ich ja gar nichts Anstrengendes geleistet habe. Ich rauche eine Zigarette, um ein wenig aufzuwachen. Sie schmeckt mir nicht. Ich lege meine Armbanduhr ab, weil mich das Uhrband juckt. Meine Bewegungen erscheinen dabei so, als würde ich jemandem das nur vorzeigen, was ich mache, so wie die Stewardessen im Flugzeug vor jedem Flug den Gebrauch der Sauerstoffmasken und der Schwimmwesten vorführen, lustlos, mechanisch.

Ich stehe auf, gehe zum Fenster, blicke hinaus und presse dabei meine Stirn auf das kalte Glas. Es bleibt ein fettiger Abdruck zurück. Ich verschmiere ihn mit einem Finger, gehe ins Badezimmer und reinige mir das Gesicht mit Gesichtswasser. Dann schalte ich die Stereoanlage ein, lege den Soundtrack von »Sacco & Vanzetti« auf und setze mich auf den Boden. Als die ersten Takte Musik ertönen, läutet das Telephon. Ich drehe die Musik leiser und hebe ab. Es ist Anna. Sie fragt, ob ich Lust habe, mit ihr in ein indisches Lokal in der Burggasse zu gehen. Ich sage »ja«, wir verabreden uns für halb sieben, und ich lege auf. Ich drehe die Musik wieder lauter, und als die Platte zu Ende ist, stehe ich auf und ziehe mich an.

Ich bin fünf vor halb sieben in dem Restaurant. Anna ist noch nicht da. Ich setze mich an einen Tisch in der Ecke und bestelle mir ein Bier. Nach ein paar Minuten kommt sie. Sie gibt mir einen Kuß und setzt sich. Da ich nicht in der Stimmung bin zu reden, frage ich sie, was sie heute gemacht hat. Während sie erzählt, ritze ich mit dem Daumennagel ein Muster in die Tischdecke. Dann schauen wir beide in die Speisekarte. Mir fällt dabei auf, daß ich eigentlich gar keinen Hunger habe. Schließlich bestellen wir beide das Gleiche, und ich entschuldige mich kurz und verschwinde aufs Klo. Am Urinoir stehend, überlege ich, wonach es hier riecht. Nach Kaugummi, denke ich. Außerdem registriere ich die nervtötende Musik, die aus einem Lautsprecher am Plafond kommt, indische Flötenklänge, Kiffmusik. Ich wasche mir die Hände, wische sie mir an der Hose ab, weil es keine Papierhandtücher mehr gibt, und gehe wieder hinaus. Als das Essen kommt, erzählt mir Anna gerade, was sie zu Silvester vorhat. Ich stochere lustlos in meinem Huhn mit Knoblauch herum und muß an die Szene von »eXistenZ« denken, in der sich der Hauptdarsteller aus Knorpeln und Knochen eine Pistole baut. Ich esse noch ein bißchen Reis, dann lege ich das Besteck auf den Teller. Ich erwarte, daß Anna mich fragen wird, ob es mir nicht schmeckt, aber sie sagt nichts. Ich erkundige mich, ob es sie stört, wenn ich rauche, sie sagt »nein«.

»Was ist denn los mit dir?« fragt mich Anna, als sie fertiggegessen hat.

»Nichts«, sage ich.

»Hast du Koks genommen, oder warum hast du keinen Hunger?«

»Nein. Ich bin einfach nicht hungrig.«

»Und was ist sonst nicht in Ordnung mit dir?«

»Wieso? Nichts. Ich meine, alles.«

»Was jetzt? Nichts oder alles?«

»Mir geht es gut. Ich habe nur keinen Appetit, und die Musik nervt mich kolossal.«

»Möchtest du, daß wir gehen?«

»Ja«, sage ich und winke der Kellnerin.

»Und was machen wir noch?« fragt Anna.

»Ich weiß nicht.«

»Na ja, sonderlich unternehmungslustig bist du heute nicht gerade.«

»Gehen wir einfach etwas trinken.«

»Gut.«

Ich zahle, und wir stehen auf. Dabei merke ich, daß ich schon etwas betrunken bin, außerdem habe ich leichtes Kopfweh. Ich helfe Anna in die Jacke. Als wir auf der Straße stehen, merke ich, daß ich meine Zigaretten auf dem Tisch vergessen habe, und gehe noch einmal in das Restaurant. Anna lächelt mich an, als ich zurückkomme und meint »also«. Sie hängt sich bei mir ein, und wir spazieren, als ob wir ein Paar wären, die Burggasse entlang, Richtung Gürtel.

Ich gehe einen ehemaligen Klassenkameraden in seiner neuen Wohnung im zweiten Bezirk besuchen. Wir trinken Wein, rauchen ein paar Joints und hören »Sisters of Mercy« und »Doors«, in etwas rührseligem Angedenken an die Schulzeit. Um zwölf brechen wir zum Flex auf. Auf dem Weg hin, unten am Donaukanal, wird uns dreimal Marihuana angeboten, ein Farbiger fragt uns, ob wir Koks wollen. Er streckt seine Zunge heraus. Darauf liegt eine kleine, weiße Kugel. Wir sagen artig »nein, danke« und betreten das Lokal. Drinnen stellen sich bereits Leute an. Während wir in der Schlange warten, rede ich mit einem Mädchen. Sie sagt, daß sie aus Stockholm stammt. Ich frage sie, ob sie das Lied »No Train to Stockholm« von Lee Hazelwood kennt, aber sie schüttelt nur den Kopf und wendet sich ab, um ihrer Freundin etwas zu sagen. Als ich aufs Klo gehe und am Pissoir stehe, stellt sich ein Typ neben mich. Er schwankt und versucht, seinen Reißverschluß aufzubekommen.

»Willst ihn sehen?« fragt er mich zweimal. Ich antworte »eigentlich nicht« und gehe hinaus. Dann sind wir schon an der Reihe. Wir bezahlen den Eintritt und bekommen einen Stempel. Es sind noch nicht viele Menschen da. Wir setzen uns an die Wand, neben die Fläche vor dem DJ-Pult, wo noch niemand tanzt. Die Musik beginnt gemächlich zu wirken. Ich lehne mich zurück, schließe die Augen und wippe mit dem Oberkörper im Takt mit. Neben mir rieche ich einen Joint. Ich öffne die Augen, ein Mädchen reicht ihn mir, ich mache ein paar Züge und gebe ihn zurück. Dann stehe ich auf und hole mir ein Bier. Später, so gegen zwei, tanzen bereits einige Leute. Die Fläche, die von färbigen Scheinwerfern beleuchtet ist, wird von den Leuten umstanden wie eine Arena. Erst traut sich niemand mitzutanzen, nur diejenigen, die um den Kreis stehen, wippen mehr mit als die anderen. Dann wird der Kreis enger, bis auf einmal alle dort zu tanzen anfangen. Irgendwann geht auch mein ehemaliger Klassenkamerad tanzen, und ich sitze allein da und fühle mich unglaublich wohl. Dieses Alleinsein inmitten der Menge der Tanzenden und Herumstehenden hat für mich heute etwas sehr Beruhigendes. Ich fühle mich geborgen. Die Musik ist so laut, daß meine Gedanken ganz klar sind, und ich bleibe nicht in ihnen hängen. Sie treten nur kurz auf und verschwinden dann wieder, um neuen Gedanken Platz zu machen.

Dann, mit einem Schlag, es ist wie ein Erwachen, merke ich, daß ich nicht mehr hier sein will. Ich stehe auf und gehe, ohne mich von meinem ehemaligen Mitschüler zu verabschieden, hinaus. Die eiskalte Luft schüttelt mich auf. Ich ziehe meine Handschuhe an und wandere langsam nach Hause.

An einem anderen Tag, auf dem Weg zur Uni, kommt es mir auf einmal vor, als würde ich gleich jemandem begegnen, den ich kenne, aber es bleibt ein Vorgefühl. Nur der Bettler, der vor einer Bank wie ein Betender kniet, ist mir vertraut. Ich bin schon oft an ihm vorbeigegangen, habe ihm aber noch nie etwas gegeben. Auf einem Schild, das vor ihm auf dem Boden liegt, steht: »Ich bin obdachlos und habe keine Arbeit. Bitte helfen Sie.« Ich überlege mir, ob ich ihm diesmal etwas geben soll, aber als ich darüber nachdenke, fällt mir ein, daß ich nur einen Tausender in der Brieftasche habe, also gehe ich weiter.

Als ich zu den Rolltreppen komme, die zu der U-Bahn führen, höre ich plötzlich einen Schrei. Dann ein langes, gellendes Heulen. Ein Hund hat sich in der Rolltreppe eine Pfote eingezwickt. Eine Menschenmenge versammelt sich um das Tier. Die Besitzerin hat die Hände vor das Gesicht geschlagen, während der Hund weiter schreit. Es klingt fürchterlich, beinahe wie das Brüllen eines Kindes. Ich schaue nicht hin, weil ich weiß, daß ich dieses Bild sonst nie mehr aus meinem Kopf bringen würde. Das Jaulen des Hundes höre ich noch, als ich längst auf der anderen Straßenseite bin.

Im Vorlesungshörsaal bin ich dann müde und unkonzentriert. Ich habe mich in die letzte Reihe an die Seite gesetzt, um früher gehen zu können, wenn ich es nicht mehr aushalte. Die monotone Stimme des Vortragenden mischt sich mit dem dumpf durch die Fenster dringenden Lärm der Autos auf der Straße. Ich kritzle Quadrate auf meinen Block, die ich dann sorgfältig ausfülle. Ein Student meldet sich zu Wort und stellt eine Frage. Ich kann dem Sinn seiner Sätze nicht folgen. Ich langweile mich. Ich würde jetzt viel lieber irgendwo spazieren gehen oder in einem Café sitzen und Zeitung lesen. Das Mädchen, das vor mir sitzt, zeichnet ein Gesicht in ihr Heft. Auch sie scheint sich zu fadisieren. Ich überlege mir, ob ich ihr einen Zettel schreiben soll, um sie zu fragen, ob sie mit mir auf einen Kaffee geht, aber dann verläßt mich der Mut, und ich kritzle weiter Quadrate.

Peters Wohnung liegt wie meine in einem Altbau. Das Treppenhaus ist im Sommer gut kühl und im Winter warm. Die Wohnung selber ist abgewohnt, aber gemütlich. Im Wohnzimmer, wo wir meistens herumsitzen, stehen Stellagen voller Bücher und die Stereoanlage mit zwei riesigen Boxen. An den Wänden Plakate, Photos und Poster, die Peter alle paar Wochen heruntereißt und durch neue ersetzt. Im Raum daneben befinden sich der Fernseher und der Videorecorder, ein Zimmer, in dem immer die Jalousien heruntergelassen sind. Dort liegt auch Peters Futon. Im Winter sind nur diese beiden Räume beheizt. Im Bad, der Küche und der Toilette ist es kalt.

Wir sitzen also im Wohnzimmer, hören »Deodato«, trinken Kaffee und rauchen. Peter erzählt von einem Film, den er sich angesehen hat, bevor ich gekommen bin. Dann erzähle ich von einem anderen Film, und nach einer Weile meint Peter, ob wir uns nicht ein paar Bier oder einen Four Roses kaufen gehen sollten. Ich sage »gute Idee«, und wir spielen drei Runden Poker darum, wer einkaufen gehen muß. Peter verliert. Dann spielen wir noch eine Runde, wer zahlen muß. Diesmal verliere ich.

Während Peter weg ist, liege ich auf der Couch und spiele mit dem Feuerzeug. Auf dem kleinen Tisch neben der Sitzgarnitur liegt ein Buch von Padgett Powell. Das habe ich Peter empfohlen. Ich nehme es, schlage es irgendwo in der Mitte auf und lese darin, bis Peter wiederkommt. Er hat sowohl Bier als auch einen Four Roses gekauft.

»Hölle«, sagt er, »diese Supermärkte machen mich fertig.«

»Mir geht es genauso«, versichere ich.

»Gestern zum Beispiel. Da bin ich mit einer Videokassette einkaufen gegangen, weil ich gerade in der Videothek war. Und die Frau an der Kasse wollte doch tatsächlich in die Hülle hineinschauen, ob ich da auch nichts anderes hineingesteckt habe.«

»Und?«

»Nichts und«, sagt er, »ich bin ja nicht blöd.«

»Never mind«, sage ich und deute auf das Buch.

»Hast du es schon gelesen?«

»Ich bin gerade dabei. Sehr fein übrigens.« Er geht in die Küche und kommt mit zwei Gläsern, die noch naß sind, und einer Schale voller Eiswürfel zurück. Ich öffne den Four Roses und schenke ein.

Dann spielen wir noch ein paar Runden Poker, aber da es uns beide nicht sonderlich freut und die Einsätze nicht sehr hoch gehen, hören wir bald wieder auf.

»Was könnten wir tun?« frage ich Peter und mache dabei ein Bier auf. Die Öffnung an der Oberseite ist seit einiger Zeit größer als früher, sodaß man bequemer direkt aus der Dose trinken kann.

»Tja«, meint Peter und öffnet sein Bier, »ich weiß nicht. Irgendein Fest wäre fein. Mit schönen Frauen und lauter Musik.«

»Zweifelsohne«, sage ich, »und woher nehmen?«

»Keine Ahnung. Ich könnte auf jeden Fall einmal einen Rundruf tätigen.« Er greift zum Telephon, wählt eine Nummer. Niemand hebt ab. Er probiert es mit einer zweiten Nummer. Da meldet sich jemand. Während Peter redet, beobachte ich ihn, wie er in seinem Fauteuil lümmelt, das Glas mit dem Bourbon und die Zigarette in der einen Hand, den Telephonhörer in der anderen. Er sieht aus wie ein überdrehter Manager. Die Musik ist so laut, daß ich kaum etwas verstehe. Auch Peter hat Probleme damit. Immer wieder höre ich ihn »was?« fragen, aber schließlich sagt er »okay« und legt auf.

»Wer?« frage ich.

»Christian. Aber er weiß auch nichts.«

»Mein Gott«, sage ich, »es ist ein gottverdammter Samstag. Da wird doch irgendwo ein Fest sein.«

»So sehe ich das auch«, meint Peter und leert das Glas in einem Zug, »aber es ist noch etwas zu früh.«

»Alles eine Frage der richtigen Medikation.«

»Sure.«

Ich schenke uns beiden nach, und Peter steht auf, um die Musik zu wechseln. »Was möchtest du hören«, erkundigt er sich bei mir, während er in seinen Platten stöbert, »Tom Jones, Pulp oder Snap?«

»Schwierige Frage. Im Moment am ehesten Snap.«

Er legt die Platte auf, und als die ersten Takte von »Rhythm is a dancer« erklingen, lehne ich mich zurück und habe das Gefühl, daß dieser Abend vielleicht doch nicht so schlecht werden wird.

Dann läutet das Telephon. Peter hebt ab, sagt »hallo« und »ja?« und »aha« und legt wieder auf.

»Perfekt«, sagt er, »der Abend ist gemacht.«

»Nämlich?« sage ich und versuche, möglichst gelangweilt zu klingen.

»Lukas hat eine Einladung zu einer Art Vernissage größeren Ausmaßes, eigentlich mehr so eine Einweihungsfeier für eine Kunstfoundation. Mit persönlicher Einladung auf handgeschöpftem Bütten. Mit DJ und Prominenten und einem Buffet. Einfach alles. Perfekt.« Er grinst.

Wir trinken aus, dann sage ich, daß ich mir aber noch etwas Vernünftiges anziehen muß, und wir machen uns einen Treffpunkt aus. Ich sage »bis dann« und mache mich auf den Weg nach Hause. In meiner Wohnung ziehe ich mich aus, rasiere mich und schlüpfe in einen Anzug. Um halb acht treffe ich Peter und Lukas am Schottentor. Gemeinsam nehmen wir ein Taxi zu der Adresse, wo diese Eröffnungsparty stattfindet.

Beim Eingang stehen zwei Empfangsdamen, die die Einladungen entgegennehmen und den Namen des Eingeladenen auf einer Gästeliste abhaken. »Sie gehören zusammen?« fragt eine der beiden Lukas und deutet auf Peter und mich. »Natürlich«, sagt Lukas. Wir geben unsere Mäntel bei der Garderobe ab und treten ein. Drinnen ist es voll, aber noch nicht überfüllt. Jeder bekommt ein Glas Sekt in die Hand gedrückt, dann stehen wir herum und blicken umher. Es gibt mehrere Buffets und Bars, an denen Cocktails ausgeschenkt werden.

»Na gut«, sagt Lukas, »Medikamentenausgabe«. Er gibt jedem von uns eine kleine Tablette. »Was ist das?« frage ich. »Was Gutes«, meint Lukas. Wir spülen die Tabletten mit einem Schluck Sekt hinunter.

»Ich bin dafür, daß wir uns erst einmal trennen«, schlage ich vor, »treffen wir uns in ungefähr einer Viertelstunde wieder hier.« Jeder nimmt noch ein Glas von einem Tablett, das gerade vorübergetragen wird, und wir drängen uns durch die Leute.

Die ganze Party besteht aus zwei Ebenen. Im Untergeschoß gibt es etwas zu essen und zu trinken, und im Obergeschoß legt ein DJ auf. Oben ist es noch ziemlich leer. Ich gehe wieder hinunter und hole mir etwas vom Buffet. Vor einem großen Tablett mit Meeresfrüchten steht ein Mädchen und scheint zu überlegen, wofür es sich entscheiden soll. Ich sage: »Als dein Anwalt rate ich dir, die Garnelen zu probieren.« Sie blickt mich an und meint »ach ja?« und lädt ein paar Garnelen auf ihren Teller. Dann dreht sie sich weg. Ich bin etwas enttäuscht und blicke ihr nach, wie sie sich zu ein paar Leuten gesellt. Dann halte ich Ausschau, ob irgend jemand da ist, den ich kenne, aber ich finde niemanden. Einmal sehe ich ein Mädchen, das mir bekannt vorkommt, aber als es mich anblickt, scheint es mich nicht zu erkennen, oder ich habe mich geirrt. Ich blicke auf die Uhr. Es ist Viertel nach acht. Plötzlich ist die Musik aus, ein älterer Herr betritt eine Art Podest in der Mitte des Raumes und beginnt, in das dort aufgebaute Mikrophon zu sprechen. Er begrüßt alle Gäste und redet dann davon, wie wichtig es ist, daß sich die Wirtschaft, in diesem Fall die Industrie, um die Kunst kümmert. Ich trinke meinen Sekt aus und hole mir einen Gin-Tonic von einer der Bars. Dort stoße ich auf Lukas.

»Und? Schon eingelebt?« fragt er mich.

»So ziemlich«, antworte ich, »ich habe mich soeben unsterblich verliebt.«

»In wen?« fragt er. Ich zeige mit dem Cocktailglas auf das Mädchen, dem ich die Garnelen empfohlen habe.

»Nicht mein Typ«, sagt er, »ist mir zu pastellfarben im Auftreten.«

Ich muß ihm zustimmen und frage ihn, ob er Peter gesehen hat. Er meint »nein«, und dann applaudieren auf einmal alle Leute, Lukas schreit »bravo«, und der Mann auf dem Podest verbeugt sich und sagt noch so etwas Ähnliches wie »alles Walzer«, dann steigt er herunter, und die Musik setzt wieder ein.

»Eher lasche Sache«, sage ich, »jeder kennt jeden, aber ich kenne niemanden. Und keiner kennt uns.«

»Das hat wie alles im Leben Vorund Nachteile«, meint Lukas und verschlingt ein Lachsbrötchen.

»Ich gehe einmal Peter suchen«, sage ich und lasse Lukas stehen.

»Schwimm nicht zu weit raus«, ruft er mir nach.

Ich gehe wieder in den ersten Stock, stelle mich in eine Ecke und zünde mir eine Zigarette an. Peter läßt sich nirgends blicken.

Ich beobachte eine Zeitlang den DJ, dann zupfe ich verlegen an meinem Anzug herum, nippe an meinem

Gin-Tonic und fühle mich ein wenig fehl am Platz. Zwei Mädchen beginnen vor dem DJ zu tanzen, aber nach zwei Liedern merken sie, daß sonst niemand tanzt, und sie gehen wieder weg. Es ist ein bißchen deprimierend. Ich trinke mein Glas leer und gehe hinunter, um mir noch so etwas zu holen. Auf den Treppen sehe ich Peter sitzen. Neben ihm ein Mädchen. Ich setze mich neben sie. Peter stellt sie mir vor, und ich sage »hi« und frage sie, wie ihr das Fest gefällt. »Fine«, antwortet sie gedehnt und fragt mich, ob sie eine Zigarette haben kann. Peter möchte auch eine. Ich halte die Schachtel hin, sie bedienen sich, dann stehe ich auf, sage »man sieht sich« und gehe zur Bar, bei der ich schon vorher meinen Cocktail bekommen habe. Der Barmann erinnert sich. »Noch einen Gin-Tonic?«, fragt er. Ich nicke.

Mein erster Blick, als ich erwache, fällt wie immer auf die Uhr, die neben dem Bett auf der Kommode steht. Ich bin mir für einen Moment überhaupt nicht sicher, ob es jetzt wirklich vier Uhr nachmittags ist oder erst vier Uhr morgens. Ich stehe auf und gehe zum Fenster. Draußen ist es dämmrig, aber eindeutig Tag. Während ich am offenen Kühlschrank aus der Sodawasserflasche trinke, fallen mir wie in einem Film Szenen des gestrigen Abends ein. Ich und ein Mädchen tanzend. Dann Peter, der auf dem Boden vor dem Buffet liegt und versucht aufzustehen, dabei ein halbleergeräumtes Tablett herunterwirft. Lukas, der sich in das Waschbecken auf der Toilette übergibt, neben ihm ein bieder gekleideter Mann, der zu ihm »Drecksau« sagt, und Lukas, der ihn daraufhin ankotzt. Der Rauswurf von der Party. Dann eine andere Szene. Wir, mit zwei Mädchen im Auto auf der Höhenstraße dahinrasend.

Ich setze mich an den Küchentisch und versuche mich zu erinnern, wie ich nach Hause gekommen bin. Stattdessen fällt mir etwas anderes ein. Eine Wohnung am Rand von Wien, die Wohnung eines der Mädchen, die Lukas in seinem Auto mitgenommen hat. Wir dort, weintrinkend und, unvermeidlich, Kruder & Dorfmeister hörend, und Peter, der mit einem der Mädchen schmust. Dann wieder ich, in einer Badewanne sitzend, mit einer Flasche Rotwein in der Hand, und das andere Mädchen, das zu mir in die Wanne steigt.

Den Rest des Tages verbringe ich lesend. Ich weiß, daß ich morgen früh aufstehen muß, wegen des Jobs bei der Zeitung, den mir Lukas vermittelt hat. Irgendwie freue ich mich schon darauf zu arbeiten. Ich stelle mir das so vor wie den Zivildienst. Damals habe ich in einem Kindergarten gearbeitet. Mit behinderten Kindern, so stand es in meinem Zuweisungsbescheid. Ich habe allerdings in all den elf Monaten kein einziges behindertes Kind zu Gesicht bekommen. Es waren ganz normale Kinder. Ich fand es, mit Unterbrechungen, in denen ich es einfach nicht mehr aushielt, recht lustig, und als mein Zivildienst zu Ende ging, war ich sogar ein bißchen traurig, der Kinder wegen. Man ärgert sich dabei jeden Abend, daß man am nächsten Tag früh aufstehen muß, aber dann, am nächsten Tag, ist man stolz, daß man es geschafft hat. Es ist vielleicht auch ein wenig so wie Schule. Fixe Zeiten, in deren Rahmen man soviel Unsinn treibt wie möglich. So stelle ich mir das zumindest vor.

Natürlich muß es an solchen Abenden, bevor man zu arbeiten beginnt, noch exzessiv werden. Um halb acht ruft Lukas an, und wir machen uns aus, uns auf ein paar Bier zu treffen. Um halb vier komme ich ins Bett.

Mein erster Tag bei der Zeitung. Gerade noch rechtzeitig läutet der Wecker. Nach knapp fünf Stunden Schlaf fühle ich mich müde, und mir ist leicht schlecht. Ich gehe zehn Minuten von meiner Wohnung zu meiner neuen Arbeitsstätte. Das Zimmer suchend, in dem ich mich vorstellen soll, verlaufe ich mich im Gebäudekomplex, finde es aber schließlich doch und trete ein. Ein großer Raum mit vielen Tischen, auf denen Computer und Fernseher stehen. Ich stelle mich vor, und der Ressortleiter schüttelt mir die Hand. Ich bekomme einen Platz zugewiesen, ein Mitarbeiter zeigt mir den Kaffeeautomaten und erklärt mir ein Computerprogramm. Dann sitze ich da, lese ein paar Agenturmeldungen und trinke Kaffee. Nach zwei Stunden beginne ich mich zu langweilen. Der Ressortleiter meint, daß er heute noch nichts zu schreiben für mich hat, ich soll mich nur einmal mit der Materie vertraut machen. Während ich dann also so tue, als würde ich angestrengt die Pressemitteilungen im Internet lesen, kommt ein Redakteur zu mir und gibt mir einen Brief. Es ist eine Einladung zu einer Präsentation. Im Posthauptgebäude wird die neue Arbeitskleidung der Postbeamten vorgestellt. »Geh dorthin und hör dir das an«, sagt der Redakteur, und ich kontere mit einem professionellen »Wird gemacht«, als wäre das nicht meine erste Veranstaltung dieser Art. So verbringe ich die Stunden rauchend und kaffeetrinkend bis zum Redaktionsschluß. Dann meint der Ressortleiter, es ist geschafft, und eine Frau trägt zwei Weinflaschen herein. Ich bekomme auch ein Glas und freue mich. In meiner Vorstellung findet jeden Tag nach getaner Arbeit ein Besäufnis statt, aber die Frau meint, das ist nur heute so, wegen einer Besprechung. Ich trinke noch ein Glas Wein, dann mache ich mich auf den Weg zu meiner Präsentation.

Als ich im Posthauptgebäude ankomme, merke ich, daß ich schon etwas betrunken bin, weil ich heute zu wenig gegessen habe. Ich folge den aufgestellten Pfeilen. Ich gehe weiter, bis ich in einen großen Schalterraum komme. Leute mit Kameras und Mikrophonen stehen herum. Eine Empfangsdame drückt mir eine Pressemappe in die Hand und fragt mich, mit wem sie es denn zu tun hat. Ich nenne meinen Namen und die Zeitung, für die ich arbeite, und dann fragt sie mich, wie lange ich da schon beschäftigt bin, und ich sage »seit heute«, und sie meint: »Wie nett, dann ist das ja Ihre erste Pressekonferenz.« Ich sage »genau«, und sie bittet mich, Platz zu nehmen. Ich setze mich an einen Marmorimitattisch, auf dem ein leerer Aschenbecher steht. Dann fängt es an. Zwei ältere Herren ersteigen ein Podest, und die Dame von vorhin spricht einführende Sätze. Dann übernimmt einer der Herren das Wort. Was er sagt, ist so langweilig, daß ich überhaupt nichts mitkriege. Ich probiere, mir ein paar Notizen zu machen. Anschließend werden die neuen Postdressen vorgeführt. Zu »Return to Sender« und

»Please, Mr. Postman« gehen die neu eingekleideten Postbeamten über eine Art Laufsteg. Es ist sogar wie eine kleine Geschichte inszeniert. Ein Mann schreibt einen Liebesbrief, der schließlich von einem Postler dem Mädchen überreicht wird, das schon sehnsüchtig auf eine Nachricht ihres Geliebten wartet. Es ist so peinlich, daß ich eine Gänsehaut bekomme.

Nachher kriege ich noch einen Lebkuchen in Form eines Posthorns geschenkt, einen Weihnachtspunsch lehne ich dankend ab. Die Empfangsdame fragt mich, wie mir meine erste Pressekonferenz gefallen hat. Ich sage »fein« und muß grinsen.

Am zweiten Tag lande ich in der InnenpolitikRedaktion. »Wir sind ein reines Nichtraucherzimmer«, gibt mir eine Dame hinter einem Computer Auskunft, als ich frage, wo denn hier ein Aschenbecher zu finden ist. »Und wir werden sehr sauer, wenn bei uns jemand raucht«, fügt sie noch hinzu. Also setze ich mich ohne Zigarette hin, um meinen Artikel über die neuen Postdressen zu schreiben. Nach einer Viertelstunde bin ich fertig damit und sehe mich nach einer neuen Beschäftigung um. Um mich ist reges Treiben, Telephone läuten, Geklappere von Tastaturen, Stimmengewirr. Ich hole mir einen Kaffee, lese ein bißchen Zeitung und mache noch ein paar geringfügige Änderungen an meinem Artikel. Dann inspiziere ich den Schreibtisch, an dem ich sitze. Da liegen ein Haufen Zettel, eine Schreibunterlage mit Beispielen der neuen deutschen Rechtschreibung, ein Buch mit dem Titel »Christsein als Beruf« und ausgeschnittene Zeitungsartikel. Auf dem Rand des Computers ist ein Aufkleber angebracht mit dem Text »Wir wollen frische Luft, keinen Raucherduft«. Ich weiß nicht, wieso ich mich in der Umgebung von überzeugten Nichtrauchern immer so unwohl fühle. Es ist dasselbe wie in den Zugabteilen.

Auf einem kleinen Notizblock, sehe ich, steht die Handynummer eines Politikers, den ich nicht mag. Ich probiere es aus und wähle die Nummer. Als sich tatsächlich der Betreffende meldet, gebe ich mich als Journalist einer anderen Zeitung aus und sage, daß ich an einer Umfrage arbeite und gerne wissen würde, ob er ein Gedicht auswendig aufsagen kann. Kurze Stille, dann meint der Politiker, daß ihm jetzt, so auf die Schnelle, wie er sich ausdrückt, nichts einfällt. Ich sage ihm, daß er sich ruhig Zeit lassen kann, worauf er erwidert, daß er sich im Moment aber im Zeitdruck befindet. Ich sage »Ignorant, blöder« und lege auf. Wahrscheinlich wird jetzt irgendein Pressereferent seiner Partei einen Brief an die Zeitung, in deren Namen ich mich gemeldet habe, schreiben, in dem er sich über die Impertinenz ihrer Journalisten beschwert, aber das ist mir ziemlich egal. Jedenfalls langweile ich mich immer noch. Eine Mitarbeiterin an einem Nebentisch interviewt gerade jemanden telephonisch zum Thema »Überfluß an Sexthemen auf Titelblättern«. Sie spricht mindestens fünfmal von einem »Overkill«, der in Bezug auf Sex in den Medien stattfindet. Es ist erbärmlich. An einem anderen Tisch läutet ein Handy nach der Melodie von Scott Joplins »Maple Leaf Rag«.

Ich blicke aus dem Fenster. Dort steht ein Baum, voller brauner Blätter. Wenn der Wind durchfährt, sieht es aus, als würde jemand unten am Baum rütteln. Ich wäre jetzt gerne draußen, in den Weingärten vor Wien, in den fast schon ganz entlaubten Wäldern, in denen man sich, wenn es Frost gibt, wie in einer Phantasielandschaft vorkommt. Ich würde ebenso ganz gerne im Auto sitzen und irgendwohin fahren, mit guter, lauter Musik auf der Autobahn, einem Ziel entgegen. Es wäre auch fein, jetzt einfach in ein Flugzeug zu steigen und nach zwei, drei Stunden Flugzeit dort zu sein, wo die Sonne scheint. Athen oder so. Am liebsten wäre ich vielleicht in Paris. Ich würde im Café Wepler sitzen, einen Traumchablis trinken, einen Croque Madame essen und zusehen, wie die Leute aus der U-Bahnstation mit der Rolltreppe an die Oberfläche gefahren werden.

Das alles stelle ich mir vor, am Schreibtisch sitzend, mit einem Kugelschreiber spielend, der an der Spitze eine kleine Leuchtdiode hat, die man anund ausklicken kann. Ich nehme einen Schluck aus einer Mineralwasserflasche, die unter dem Tisch steht, obwohl ich weiß, daß es ganz warm und ausgeraucht schmecken wird. Dann höre ich meinen Anrufbeantworter ab. Keine Nachrichten. Morgen werde ich mir ein Buch mitnehmen, beschließe ich. Ich könnte mir auch Pornoseiten im Internet anschauen, aber ich traue mich nicht, da mein Bildschirm so steht, daß ihn jeder einsehen kann, der vorübergeht. Neben mir steht ein Radio. Ich schalte es an und stelle es leise, und es spielt »Moonlight Shadow«, was im Moment perfekt zu meiner Stimmung paßt, aber die Frau vom Nebentisch sagt: »Bitte erst nach Redaktionsschluß.« Ich drehe es also wieder ab und lese zum hundertsten Mal den Artikel durch, den ich geschrieben habe. Mein erster Artikel. Leichter Stolz überkommt mich.

Dann kommt der Ressortleiter zu mir, zeigt mir, wo ich meinen Artikel noch umarbeiten muß, und kurz nach vier bin ich fertig damit. Da ich danach nichts mehr zu tun habe, verabschiede ich mich von den anderen Mitarbeitern und gehe.

Am nächsten Tag soll ich zur Eröffnung eines neuen Feinkostgeschäftes im ersten Bezirk gehen. Die Einweihungsfeier ist allerdings schon heute abend. Ich beschließe, mir das anzusehen. Der Einlaß ist um sieben. Ich rufe von zu Hause noch Lukas an, sage ihm, daß er auch hinkommen soll und mache mit ihm einen Treffpunkt für acht Uhr aus. Dann gehe ich los. Da ich ja keine Einladung habe, spreche ich vor dem Eingang eine Frau an, ob ich mich als ihr Begleiter ausgeben kann. Sie überlegt, dann sagt sie »ja«. Ich bedanke mich und komme problemlos an den Sicherheitsleuten mit der Gästeliste vorbei. Drinnen ist es völlig überfüllt, Kamerateams scharen sich um Prominente. Ich nehme mir ein Glas Champagner und schaue mich um. Im ersten Stock gibt es ein Buffet mit Austern, Sushi und Sandwiches. Zwei Jazzbands spielen sich ein. Da das Rauchen verboten ist, stelle ich mich in eine Ecke hinter das Schlagzeug der einen Band und zünde mir eine an. Andauernd gehen Kellner vorbei, die mein Glas anfüllen. Das finde ich sehr angenehm. Die Sängerin der Band fragt mich, ob man denn hier rauche darf. Ich zucke mit den Schultern, meine »vive l'anarchie« und gebe ihr Feuer. Dann plaudern wir eine

Weile. Sie ist Brasilianerin und erzählt, daß die Bodyguards am Eingang sie und ihren Schlagzeuger, der aus Jamaica ist, nicht reinlassen wollten. Erst als ihre Managerin kam, durften sie hinein. Ich frage sie, ob sie Vinicius de Moraes kennt, und sie sagt »natürlich« und verspricht mir, als erstes Lied eines von ihm zu spielen. Ich sage, daß ich mich noch ein bißchen umschauen will und fahre wieder mit dem Lift nach unten. Es gibt sogar einen Liftboy. Ich bin begeistert. Beim Ausgang treffe ich die Frau wieder, die mich hineingeschmuggelt hat. Weil sie schon gehen will, gibt sie mir ihre Einladung.

Um acht warte ich auf Lukas vor dem Geschäft. Auch er kommt problemlos hinein. Wir holen uns einen Champagner und fahren in den ersten Stock, wo wir uns neben die Jazzband stellen, die schon zu spielen angefangen hat. »Es ist großartig«, sagt Lukas und meint das Publikum, »diese alten Säcke mit ihren valiumsüchtigen Gattinnen, die alle gleich aussehen.« Ich stimme ihm zu.

An einer Bar bestelle ich zwölf Wodka-Erdbeer. Auf dem Weg zurück zu dem Platz bei der Jazzband, wo Lukas steht und raucht, fällt mir fast das Tablett mit den Getränken hinunter, da ich mich an so vielen Leuten vorbeidrängen muß.

Dann erinnere ich mich nicht mehr an viel. Ich hing vollkommen betrunken an einem Tisch und trank mit Strohhalmen aus zwei Gläsern gleichzeitig. Mit irgendeinem Mädchen versuchte ich zu tanzen, aber als ich mich dabei drehte, wurde mir leicht übel, und ich ließ es bleiben und ging nach Hause.

Am nächsten Tag sitze ich verkatert in der Redaktion und arbeite an einem Artikel, aber ich komme nicht weiter, deswegen schaue ich wieder einmal aus dem Fenster. Der Himmel hat eine Farbe, von der man nicht genau sagen kann, ob sie grau oder hellblau ist. Der Baum, der gestern vom Wind durchgebeutelt wurde, steht heute still. Nur die obersten Zweige bewegen sich ganz leicht.

Am Abend, als ich in meine Wohnung komme, bin ich erschöpft. Ich rufe bei Anna an, aber sie ist nicht daheim, und es am Handy zu probieren, dazu fehlt mir die Lust. Ich versuche es bei Peter. Er meldet sich mit verschlafen klingender Stimme. Ich frage ihn, was es Neues gibt, er meint »nichts Aufregendes«, dann erkundige ich mich, ob er heute abend etwas machen will. Er meint »eher nicht«, ich sage »auch gut« und »bis bald«. Er sagt »ja« und legt auf.

In meinem Job bei der Zeitung stellt sich schon so etwas wie ein Arbeitsalltag ein. Ich gehe auf Pressekonferenzen, mache Interviews, feile an meinen Artikeln herum und scherze mit den Kollegen. Das Aufstehen in der Früh fällt mir nicht mehr schwer, ich habe mich daran gewöhnt. Wenn ich dann am frühen Abend die Redaktion verlasse, ist es draußen schon dunkel, und ich habe das befriedigende Gefühl, wirklich etwas geleistet zu haben.

Der Tag heute ist sonnig, und es geht ein starker, kalter Wind. Auf dem Weg von einem Pressefrühstück im Café Museum zur Redaktion gehe ich immer auf der

Straßenseite, die in der Sonne liegt. Weil die Sonne ziemlich flach steht, werfe ich einen langen Schatten, der nur entfernt meinen Körperumrissen ähnelt. Es sind hauptsächlich Touristen unterwegs. Im Vorübergehen höre ich, wie eine Italienerin ihre Tochter ermahnt, nicht mit vollem Mund zu sprechen.

Beim Schreiben an meinem Artikel muß ich dann die ganze Zeit an diese Szene denken. Als der Artikel paßt, ohne Überund Untersatz, ziehe ich meine Jacke an, verabschiede mich und gehe auf die Universität, um mir ein ausständiges Zeugnis abzuholen.

Während ich den Zettelkasten mit den Zeugnissen durchschaue, muß ich an Anna denken, an ihren weichen Körper, den ich heute morgen neben mir spürte, als ich erwachte. Sie schlief noch, und ich legte mich ganz nahe an sie, küßte sie auf die Schläfe und fühlte ihre Wärme.

Gestern war ich gegen sechs Uhr zu ihr gekommen, mit drei Flaschen Wein. Wir tranken zwei davon und fuhren dann auf den Kobenzl. Die Nacht war sehr klar, aber auch sehr dunkel. Wir stolperten, ohne viel zu sehen, durch den Wald. Ich wollte Anna den alten Wasserspeicher zeigen. Schließlich fanden wir ihn, trotz der Finsternis. Ich hielt den Zaun ein Stück in die Höhe, und Anna kroch darunter durch. Ich selbst kletterte über den Zaun. Dann setzten wir uns auf das Dach des Speichers und tranken die letzte Flasche Wein.

»Das kennst du doch sicher«, begann Anna, »die Vorstellung, daß eine gewaltige Seuche die Menschheit ausrottet und nur noch du allein auf der Welt bist. Das habe ich mir immer als Kind vorgestellt und gestern, als ich im Bett lag, auch. Ich sehe mich dann, wie ich allein durch die Straßen gehe und in die Supermärkte, wo die ganzen Waren verderben, weil eben niemand mehr da ist, der sie kauft, und der Strom ist ja auch ausgefallen. Aber dann treffe ich natürlich schon noch ein paar andere Überlebende, so wie in den Filmen.«

»Klar kenne ich das«, sagte ich, »eine andere beliebte Variante ist: Ich sitze zum Beispiel in der Straßenbahn oder in einem Hörsaal, und ich stelle mir vor, daß dieser Raum jetzt in das Weltall geschleudert wird, und ich muß lange Zeit mit eben genau diesen Leuten, die zufällig mit mir in dem Raum sind, verbringen.«

»Ja«, lachte Anna, »das kenne ich auch.«

Wir hatten viel Spaß, dann kletterten wir wieder über den Zaun und gingen durch den dunklen Wald zurück, über die Wiese, deren Grasbüschel so seltsam in der Dunkelheit leuchteten, als würden sie ein eigenständiges Licht aussenden, vorbei an den Schaukeln, wo Anna kurz verweilen mußte, um zu schaukeln, und ich sagte zu Anna, daß ich gerne mit ihr Hand in Hand gehen würde, aber daß ich nicht weiß, ob ich mir dabei vielleicht blöd oder kitschig vorkommen würde, und sie nahm einfach meine Hand. Als wir dann im Auto saßen und eine rauchten, spielte es im Radio doch tatsächlich dieses geniale »Matador« von Garland Jeffreys, und für einen Augenblick war ich völlig verliebt in Anna, aber ich konnte es ihr nicht sagen, weil ich irgendwie zu glücklich war, aber ich glaube, sie merkte es ohnehin.

Üblicherweise weiß ich an Sonntagen noch weniger mit mir anzufangen als an anderen Tagen.

Ich stehe also auf. Mir ist noch schwindlig vom Schlaf, und ich fühle mich abgenutzt und verbraucht. Ich schlüpfe, ohne mich zu duschen, in meine Kleider. Das T-Shirt habe ich jetzt vier Tage hintereinander an, aber es ekelt mich komischerweise nicht. Dann setze ich mich an den Küchentisch, schalte das Radio ein, und es kommen Lieder, die ich schon tausendmal gehört habe, und meine Augen brennen, als ich sie mir reibe, und beim Gedanken, jetzt etwas zu essen, steigt leichte Übelkeit in mir hoch. Ich würde mich am liebsten wieder hinlegen, aber ich weiß, daß ich nicht schlafen könnte, und mein Zustand würde nur schlimmer werden. Also gehe ich ins Kaffeehaus.

Als ich ins Freie trete, merke ich erst, wie unscharf ich sehe. Obwohl ich gestern wenig getrunken habe, sind meine Schritte unsicher, so als wäre ich betrunken. Ein ganzer Haufen von Mouches volantes, die ich sonst so liebe, tummelt sich vor meinen Augen. Ich atme schwer und zittrig, so als hätte ich gerade geweint. Die Menschen, die mir entgegenkommen, wirken auf mich wie Leute, die sich verlaufen haben. Man sieht fast nur einzelne Passanten. Gehen einmal zwei nebeneinander, so schweigen sie, als hätten sie gerade miteinander gestritten. Bei einem Automaten hole ich mir eine Schachtel Zigaretten. Ich will mir gleich eine anzünden, aber ich merke, daß ich keine Zünder mithabe, und mir fehlt augenblicklich der Mut, jemanden um Feuer zu bitten. Auf den Straßen und in den Gassen sind wenig Autos unterwegs, hauptsächlich

Taxis, unbesetzt und so irgendwie ihres Sinns beraubt. Meine Hände sind kalt und schwitzig, und ich bedaure, daß ich mich nicht geduscht habe.

Das Café liegt in einer Gasse, die so schmal ist, daß die Autos oft mit zwei Rädern auf dem Gehsteig fahren müssen. Ich betrete es schnell, froh, die Kälte hinter mir zu lassen, und setze mich an meinen gewohnten Platz im hinteren Teil des Lokals. Ich bestelle mir einen Kaffee und Streichhölzer und hole das Buch, das ich mitgenommen habe, aus meiner Jacke. Ich lese ein paar Seiten, aber dann ist es mir zu traurig, und ich lege es weg. Immer, wenn ich in so einer Stimmung etwas Trauriges lese, fühle ich ein Würgen in der Kehle und in der Brust, als würde ich gerade in fünf Metern Tiefe tauchen und den Druck des Wassers spüren. Ich hole mir die Zeitung, für die ich arbeite, und lese den Artikel über einen neuen Erlebnispark im Waldviertel, den ich vorgestern geschrieben habe. Ich kann in ihm nichts Persönliches mehr finden, nichts deutet darauf hin, daß ich es war, der ihn geschrieben hat. Am Nebentisch sitzen zwei Mädchen und reden darüber, was sie zu Silvester machen wollen. Sie haben genau das vor, was ich mir von ihnen erwarte, eine »gemütliche, nicht zu stressige Feier« mit »nur wirklich guten Freunden« und keine »Riesenparty«, weil »so wichtig ist Silvester ja auch nicht«. Ich fühle mich schäbig, weil ich ihnen zuhöre und dabei so tue, als würde ich in der Zeitung lesen. Als ich meinen Kaffee ausgetrunken habe, überlege ich, ob ich mir nicht ein Bier bestellen soll, ob ich nicht einfach diesen miesen Sonntag im Rausch überdauern soll, aber dann kommt mir das auf einmal feig vor, und ich bestelle mir stattdessen ein SodaZitron. Das Lokal füllt sich langsam. Das Gesumme der Stimmen und die düstere Beleuchtung wirken einlullend auf mich. Plötzlich, ich weiß nicht warum, muß ich an einen ehemaligen Mitschüler von mir denken. Er war von eher unscheinbarer, schwächlicher Gestalt, und er fehlte oft wegen irgendeiner Krankheit. Niemand in der Klasse war ihm böse gesonnen, aber er hatte auch keine Freunde. Seine Noten waren durchschnittlich, und er selber eher schweigsam. Einmal hatten wir Leibesübungen auf einem Sportplatz. Wir mußten einen Zwölfminutenlauf absolvieren. Wir stellten uns also an der Startlinie auf, der Lehrer gab den Startschuß mit so einer Art Klappe, und wir liefen los. Und auf einmal begann dieser Mitschüler, der in keiner Disziplin bisher herausragend gewesen war, wirklich zu rennen. Es sah aus, als würde er um sein Leben laufen. Er rannte am weitesten und gewann den Lauf.

Ich stehe auf und gehe auf die Toilette, wasche mir die Hände und betrachte mich im Spiegel. Weil ich unrasiert bin und Ringe unter den Augen habe, denke ich kurz, daß ich aussehe wie Johnny Depp auf dieser H&M-Werbung, aber die Ähnlichkeit, muß ich selber zugeben, ist eher entfernt. Ein Mädchen hat einmal gemeint, ich sehe Jude Law ähnlich. »Nur die Nase ist anders«, hat sie gesagt.

Heute ist so ein Tag, an dem mir dauernd Szenen einfallen, die ich in der Schulzeit erlebt habe. So mit fünfzehn oder sechzehn zum Beispiel sind ein paar Freunde aus meiner Klasse und ich oft auf »Kellertour« gegangen. Das bedeutete, daß wir auf unerlaubte Weise in die Keller von alten Häusern in der Innenstadt stiegen und uns dort umsahen. Es gibt solche, die drei Stockwerke in die Erde gehen, mit kilometerlangen und katakombenartigen Gängen. Oft gingen wir in einem Haus in den Untergrund und kamen in einem anderen Haus, ein paar Straßen weiter, wieder an die Oberfläche. Auch erstaunlich war, was wir dort so fanden, vor allem in den ehemaligen Luftschutzkellern, da gab es ganze Wohnungseinrichtungen, natürlich längst vergammelt, und einmal fanden wir ein Funkgerät aus dem Zweiten Weltkrieg, noch mit Hakenkreuz. Das war für uns damals aufregend. Nur die Ratten machten uns Angst und die Clochards, die dort unten lebten. Einmal entdeckten wir in einem Keller den Weg zum Getränkelager eines Restaurants. Da das Gitter vor dem Raum mit den Flaschen ein Loch hatte, konnte man hineingelangen. Eine Weile versorgten wir uns so mit Alkohol aller Art. Dann wurde dieser Keller zu einem Museum ausgebaut, und heute ist es seltsam, dort zu gehen, wo noch vor ein paar Jahren nur Schutt und Dunkelheit waren. Ich genoß immer den Nervenkitzel, wenn wir in einen neuen, uns unbekannten Keller hinabstiegen, jeder eine Taschenlampe in der Hand, vorsichtig vorwärtsgehend, mit der Ungewißheit, was wir wohl finden würden. Wir gelangten sogar einmal durch einen Keller in die Verkaufsräume einer Bäckerei. Wir ließen allerhand mitgehen und wären fast erwischt worden, denn als wir gerade wieder hinausgingen, hörten wir, wie jemand die Tür zur Bäckerei aufschloß. Diese Zeit dauerte gute zwei Jahre. Dann flogen zwei meiner Freunde von der Schule, und die Gruppe löste sich auf.

Die Schule, in die ich ging, war ein Privatgymnasium und bekannt dafür, daß jedes Jahr ein paar Schüler geschaßt wurden. Ich selbst aber hatte Glück und bekam höchstens eine Hauptkatalogseintragung. Es war eine sogenannte Eliteschule, nur für Knaben, und mindestens drei Viertel von ihnen waren Heuchler oder Schleimer. Auch nur ein paar Lehrer, vielleicht zwei oder drei, waren wirklich gut, die anderen waren Sadisten oder Idioten. Es gab tatsächlich noch solche Gott-Kupfer-Typen, widerliche Gestalten, die ihren Frust an den Schülern ausließen. Ich erinnere mich an einen Turnlehrer, der Schülern, die sich nicht benehmen konnten, wie er es ausdrückte, befahl, die Sprossenwand entlangzuklettern. Dann schoß er mit einem Basketball auf ihre Füße. Oder an einen Lateinlehrer, der mir am Ende eines Schuljahres meinen Rausschmiß prophezeite, falls ich ihm nächstes Jahr unterkommen werde. Aber ich hatte, wie gesagt, Glück.

Ich erinnere mich an den letzten Schulgottesdienst vor der Matura. Ich war seit der sechsten Klasse kaum mehr zu einer Messe gegangen, hatte mich lieber in ein Café zurückgezogen, und wenn ich doch teilnehmen mußte, dann blieb ich bei der Kommunion in der Bank sitzen. Aber bei dieser letzten Messe konnte ich mich nicht absentieren. Und ich denke noch heute mit Grauen zurück, wie ich inmitten meiner Mitschüler stand, die wirklich beteten, weil sie Angst vor der Matura hatten, und ich haßte sie dafür, und ich haßte auch den Pfarrer, der davon sprach, daß wir jetzt in einen neuen Abschnitt unseres Lebens treten werden, und alle glaubten ihm. Es war durch und durch verlogen.

Ich bin auch der Überzeugung, daß das Gymnasium schuld daran war, daß ich so lange ein Problem damit hatte, mich in der Gegenwart von Mädchen zu bewegen. Acht Jahre lang hatte ich kaum Kontakt zu Mädchen, und wenn, dann machte ich mich meistens lächerlich. Es wurde dafür wahnsinnig viel getrunken auf der Schule. Ich denke an eine Zeit in der siebten Klasse, wo ich oft schon zu Mittag betrunken war, weil wir in den Pausen auf dem Klo Wein oder Schnaps zu uns nahmen.

Das alles fällt mir ein, jetzt, da ich in diesem Kaffeehaus sitze, Soda-Zitron trinke und rauche. Vielleicht sind ja die Sonntage dafür da, sich etwas ins Gedächtnis zu rufen, das schon lange vorbei ist und das in der Erinnerung zu etwas wird, das einen zu behüten scheint, etwas, das so etwas wie Trost zu spenden vermag.

Ich habe dazu eine Melodie im Kopf, und als ich eine Weile nachdenke, fällt mir auch ein, daß das Lied von The Smiths ist, und mir kommt auch der Text in den Sinn, den ich jetzt in Gedanken vor mich hinsinge:

Good times for a change
See, the luck I've had
Would make a good man
Turn bad

So please, please, please
Let me, let me, let me
Let me get what I want
This time

Weihnachten. Weil ich noch Geschenke für meine Eltern kaufen muß, stehe ich relativ früh auf, obwohl ich schrecklich müde bin. In der Buchhandlung versuche ich, die Bücher zu finden, die ich mir aufgeschrieben habe. Während ich die Regalwände abschreite, wird mir kurz schlecht. Zuviele Leute drängen sich hier, die alle auch noch in letzter Minute ein Geschenk brauchen. Irgendwie schaffe ich es schließlich. Ich zahle die zwei Bücher und gehe die paar Schritte hinüber zum Alt-Wien, wo ich mir ein kleines Bier bestelle. Auf dem Weg heimwärts versuche ich, wenigstens ein bißchen in weihnachtliche Stimmung zu kommen, aber es ist, als ob ich es verlernt hätte. Zumindest weiß ich noch ungefähr, wie das ist, wenn man in weihnachtlicher Stimmung ist, aber irgendwie sprechen alle äußeren Umstände dagegen. Es schneit nicht, die Festtagsbeleuchtung über den Straßen wirkt trostlos, überall stinkt es nach billigem Punsch, und mir ist noch etwas übel von gestern.

Am Nachmittag liege ich auf der Couch im Wohnzimmer und höre »Auf verwachsenem Pfade« von Leoš Janáček. Das ist eine wundervolle Musik, die perfekt zu tristen Wintertagen paßt. Dann, um halb sechs, ziehe ich mir Anzug und Krawatte an und fahre zu meinen Eltern. Wir stoßen mit Champagner an, ich überreiche ihnen meine Geschenke, wir essen Fleischfondue. Dann packe ich mein Weihnachtsgeschenk aus. Es ist ein Handy. Ich habe es mir zwar nicht gewünscht, aber es stört mich auch nicht. Ich bedanke mich und stecke es in mein Sakko. Als ich um neun Uhr wieder gehe, habe ich ein schlechtes Gewissen, weil ich sie allein lasse am Weihnachtsabend, aber dann bin ich eigentlich doch recht froh, zu Hause zu sein.

Um halb zwölf kommt Lukas. Er hat bis elf in der Videothek gearbeitet. Wir sitzen herum, hören Musik und wissen nicht recht, was wir reden sollen. Ich lege uns zwei Linien, aber das hilft auch nicht weiter.

»Nächstes Jahr werde ich diesen Tag streichen«, meint Lukas.

»Das sagst du jedes Jahr«, erwidere ich.

»Stimmt«, sagt er.

Nach einiger Zeit kommen Hannes und Peter. Da wir alle nicht wissen, was wir machen sollen, spielen wir eben Poker, bis es hell wird. Um acht Uhr lege ich mich endlich ins Bett und döse ein. Zwei Stunden später bin ich auf einmal wach. Ich stehe auf, gehe ins Badezimmer und trinke Wasser. Dann stehe ich nackt vor dem Spiegel und fahre mir durch die Haare. »Es ist alles in Ordnung. Alles ist cool«, sage ich laut und erschrecke über meine Stimme, die sich gar nicht wie meine anhört. »Alles ist cool«, sagt die Stimme noch einmal, »alles ist cool.« Ich habe plötzlich Angst, daß ich durchdrehe oder so, darum gehe ich in die Küche und nehme einen tiefen Schluck aus einer Rotweinflasche. Es hilft. Ich beruhige mich. Als ich wieder im Bett liege, fällt mir eine Geschichte aus meiner Kindheit ein. Ich schließe die Augen und sehe mich mit meiner Mutter spazierengehen, irgendwo im achten Bezirk. Wir stehen gerade an einer Ampel, da hören wir Autobremsen quietschen, dann eine Art dumpfes Klatschen. Meine Mutter sagt so etwas wie »um Gottes Willen«. Genau in der Mitte der Kreuzung liegt jetzt eine junge Frau in einem Pelzmantel. Einige Leute laufen hin, auch meine Mutter, mit mir an der Hand. Jemand beugt sich zu der Frau hinunter, stößt sie an, aber sie rührt sich nicht. Ich spüre die Aufregung und die Panik, die die Leute um mich herum erfüllt. Was mit dieser Frau ist, die da auf der Straße liegt, weiß ich nicht, aber ich fühle, daß es etwas Ungeheures ist. Plötzlich, ich will gerade meine Mutter danach fragen, schlägt die Frau die Augen auf. Sie liegt so, daß sie mich geradewegs ansieht. Sie antwortet nicht auf die Fragen des Mannes, der neben ihr kniet. Sie sieht mich nur an und lächelt. Ich traue mich nicht, zurückzulächeln. Dann fährt ein Krankenwagen vor. Zwei Männer heben die Frau auf eine Bahre. Meine Mutter sagt »komm«, und wir gehen weiter. Ich frage, was mit dieser Frau passieren wird. Meine Mutter antwortet, daß sie vielleicht in den Himmel kommt.

Während ich mich an diese Szene erinnere, merke ich, wie schnell mein Herz schlägt. Ich habe Angst, daß ich jetzt sterben könnte. »Ich will jetzt nicht sterben«, sage ich mir, »nicht in diesem Moment in diesem Bett. Ich möchte woanders sterben, egal wo, nur nicht hier und jetzt.« Ich sage mir auch: »Du stirbst nicht. Du gottverdammter Vollidiot stirbst jetzt nicht!« Und irgendwann bin ich zu erschöpft, um weiter Angst zu haben, und ich schlafe ein.

Die Tage nach Weihnachten sind irgendwie komisch. Alles scheint innezuhalten. Die Bewegungen, die Gedanken, sogar der Himmel wirkt wie ein Standbild, wenn man den Kopf hebt und zu ihm aufblickt. Ich bin froh, daß ich bis Silvester noch vier Tage arbeiten kann. Dann ist aber auch mein Monatsjob bei der Zeitung zu Ende, und ich bin von neuem dem Universitätstrott ausgesetzt.

Und Silvester? Ich werde wohl durch die Stadt ziehen und den Feiernden zuschauen und versuchen, mich zu erinnern, wie die letzten Silvester waren. Das eine Mal in Paris, wo ich Punkt Mitternacht, als alle ausflippten und »Bonne année« brüllten, plötzlich ganz dringend aufs Klo mußte und dann in die Metrostation an der Place Concorde urinierte. Oder das Silvester in Casablanca, wo ich um zwölf Uhr allein in der Hotelbar saß, mich betrank und einer unglaublich schlechten Tanzband zuhörte, die Evergreens spielte. Ich glaube, daß ich noch nie ein Silvester erlebt habe, von dem ich sagen könnte, daß es so richtig genial war. Mit Ende dieses Jahres habe ich sogar das Gefühl, daß sich alles aufhört. Neben meiner Arbeit bei der Zeitung scheint sich auch das mit Anna aufzuhören. Ich habe mit ihr vor drei Tagen telephoniert. Ein Freund besucht sie gerade, sagte sie, und an der Art, wie sie das sagte, wußte ich, daß es nicht *ein* Freund, sondern *ihr* Freund ist. Auch bei Judith habe ich mich wieder gemeldet. Bevor ich sie anrief, hatte ich tatsächlich wahnsinnige Lust, mit ihr zu sprechen, aber dann, als ich ihre Stimme hörte, war alles vorbei. Ich wußte nicht, was ich reden sollte, und deswegen machte ich mit ihr aus, sie in ein paar Tagen zu treffen. Es ist seltsam. Manchmal denkt man an jemanden und unterhält sich mit ihm oder mit ihr in Gedanken, aber dann, wenn man wirklich mit dieser Person redet, bereut man es sofort und beginnt, sich selbst dafür zu hassen, daß man angerufen hat. Das geht mir oft so. Wenn ich nicht vor Einsamkeit umkommen würde, könnte ich mir gut vorstellen, einfach nur in meiner Wohnung zu sitzen und mich in Gedanken mit jemandem zu unterhalten.

Einmal zum Beispiel habe ich mich nach einem bestimmten Mädchen gesehnt, und als ich sie dann sah, wünschte ich ihr oder mir den Tod, so unwohl fühlte ich mich. Als ich später darüber nachdachte, war ich entsetzt über meinen Wunsch.

Wenigstens werden die Tage wieder länger.

Ich sitze noch in der Redaktion. Es gibt keine Pressekonferenzen mehr, ich schreibe täglich meine Artikel und schaue aus dem Fenster.

Heute morgen hat es dicht zu schneien begonnen. Es sind große Flocken, die einem in den Wimpern und den Haaren hängenbleiben. Auf den Kühlerhauben der Autos sieht man die Spuren, wo Kinder den Schnee zusammengeschoben haben, um Schneebälle zu machen. Am frühen Abend, als ich von der Redaktion nach Hause gehe, liegt der Schnee bereits so hoch, daß man die Gehsteigkanten nicht mehr erkennt. An den Häusern lehnen Hinweise auf mögliche Dachlawinen, und vor den Passagen stehen Schilder auf denen »Achtung, Rutschgefahr« zu lesen ist. Als ich in so eine Passage eintrete, setze ich meine Schritte zuerst ganz vorsichtig, aber dann, als ich merke, daß meine Schuhe nicht rutschen, gehe ich schneller als gewöhnlich. Manche Passanten, die mir entgegenkommen, halten einen Regenschirm, den sie wegen der kurzen, überdachten Wegstrecke nicht zusammenfalten wollen, so nahe über ihrem Kopf, daß ich ihr Gesicht nicht sehen kann. Ich zünde mir eine Zigarette an, aber sie wird schnell naß, und ich lasse sie einfach fallen. Wenn mich jetzt jemand aufhielte und fragen würde, woran ich gerade denke, könnte ich es ihm nicht sagen. Meine Gedanken kommen mir nicht zu Bewußtsein, sie schlummern nur irgendwo als Ahnung. Es ist ja auch eine Frage, die ich hasse. Meistens wird sie mir von irgendwelchen Frauen gestellt. »Woran denkst du gerade?« wollen sie wissen. Und wenn ich dann antworte, daß ich an nichts denke, sagen sie, daß es das nicht gibt. Ich schwöre aber, daß es das gibt. Ich denke nämlich unglaublich oft einfach an nichts. Oder ich denke gerade an etwas sehr Triviales, zum Beispiel, daß ich jetzt schwitze, oder mir geht gerade ein Lied durch den Kopf. Fast alle Frauen sind beleidigt, wenn man ehrlich ist und sagt, woran man im Moment denkt. Das ist mir dann meistens auch zu peinlich, und ich erfinde etwas, mit dem sie zufrieden sind.

Ich nehme meine Hände aus den Jackentaschen, weil ich spüren will, wie sie kalt werden, aber sie werden nicht kalt, nur manchmal, wenn eine Schneeflocke auf sie fällt, fühle ich, wie sie durch meine Handwärme schmilzt. Es ist ein kleines, punktuelles Kältegefühl, das weg ist, sobald man dessen gewahr wird. Nichts ist schöner als so ein Spaziergang durch eine vollkommen zugeschneite Stadtlandschaft. Man kommt sich vom fallenden Schnee so behütet vor, so eingenommen. Sogar ein Toter auf der Straße sähe friedlich und echt aus, denke ich, und dann fällt mir das berühmte Foto ein, das den toten Robert Walser zeigt. Das Bemerkenswerte an diesem Foto ist, daß er genauso daliegt, wie einer, der sich aus Spaß nach hinten in den weichen Schnee fallen hat lassen, mit ausgestreckten Armen. Es sieht so aus, als würde er gleich wieder aufstehen, sich den Schnee vom Mantel wischen und sagen: »Okay, was machen wir jetzt?« Ich frage mich, wer wohl das Foto geschossen hat und wer den toten Robert Walser aufgehoben und weggetragen hat, wie ein Kind, das zu müde ist zum Weiterlaufen. Ich gehe durch mein Haustor, das um diese Zeit immer noch offen steht und hole meine Schlüssel aus der Hosentasche, die kälter sind als die Luft, und schaue in den Briefkasten, der aber leer ist. Dann stehe ich in der warmen Wohnung. Ich ziehe weder meine Jacke noch meine Schuhe aus, sondern setze mich, ohne Licht zu machen, in den großen Sessel im Wohnzimmer. Das einzige Licht ist die Anzeige auf meinem Anrufbeantworter. Sie zeigt einen Anruf an. Ich drücke auf Wiedergabe. Man hört nur das Besetztzeichen.

Ich hole Judith von der Wohnung ihrer Eltern ab, wo sie gerade zu Besuch ist. Ich läute an der Gegensprechanlage, und ihre Mutter bittet mich, doch hinaufzukommen. Ich bin nicht sonderlich wild darauf, jetzt ihre Mutter zu sehen, weil ich mir daheim vor dem Wegfahren noch ein bißchen Koks reingezogen habe, aber ich weiß nicht, was ich sagen soll, deswegen sage ich: »Gut, ich komme«, und der Türöffner summt, und ich trete ein. Im Aufzug muß ich schätzen, in welchen Stock ich fahren soll, weil ich noch nie hier war. Ich vertippe mich zweimal, dann lande ich im richtigen. Ich lasse noch schnell meine Zigarette fallen und dämpfe sie mit dem Schuh aus. Judiths Mutter steht schon im Gang. Ich grüße höflich, und sie bittet mich hinein. Ich muß ablegen und Platz nehmen. Sie fragt mich, ob ich etwas trinken möchte, und ich sage »ja«, und dann fragt sie mich, ob ich lieber Orangensaft oder Fanta haben will, und ich sage, daß ich am liebsten ein Glas Leitungswasser hätte. Sie sagt »aber gern« und bringt es mir. Dann kommt endlich Judith. Wir begrüßen uns mit einem Kuß, wobei ich mir nicht sicher bin, ob ich sie auf den Mund oder auf die Wangen küssen soll. Sie schlägt vor, noch schnell einen Aperitif zu trinken. Ich sage, daß das eine sehr gute Idee ist, inspiziere kurz die Bar und entscheide ich mich für einen Martini Bianco mit Eis. Ich bekomme ihn, und dann sitzen wir da, und ich weiß nicht recht, was ich reden soll. Ihre Mutter fragt mich, wie mein Weihnachtsfest war, und ich antworte »sehr schön«, weil ich wie immer nicht ehrlich sein kann, und dann sage ich zu Judith, um irgend etwas zu sagen, daß wir jetzt schön langsam aufbrechen könnten, und sie meint »okay«, also verabschiede ich mich von ihrer Mutter, und dann sind wir draußen.

Im Auto sitzend, frage ich Judith, wo wir denn hinfahren sollen, und sie sagt, daß ihr das egal ist, also fahre ich einfach los. Weil mir die Stille unangenehm ist und ich immer noch nicht weiß, was ich mit Judith reden soll, schalte ich das Autoradio ein, und auf einem Sender singen Blur »Tender«, ein Lied, das ich liebe, und plötzlich fängt Judith an, mir von einer Freundin zu erzählen, mit der sie gestern telefoniert hat, und ich sage »aha«, aber in Wirklichkeit höre ich nur dem Lied zu und ärgere mich, daß sie ausgerechnet jetzt reden muß, und ich drehe es ein wenig lauter, obwohl ich weiß, daß das unhöflich ist, aber es scheint sie nicht zu stören, denn sie redet einfach weiter, und ich sage hin und wieder »aha« und »mh-hm« und fühle mich ganz wohl und irgendwie traurig, aber dann kommt ein Lied von Bryan Adams, und ich muß den Sender wechseln.

Wir entschließen uns, ins Café Westend zu fahren.

Ich bin gerne dort. Nachdem wir etwas zu trinken bestellt haben, sitzen wir da, und ich frage Judith, ob sie Hunger hat, und sie sagt: »Nein, aber wenn du willst, kannst du ruhig was essen.« – »Nein, alleine zu essen, das deprimiert mich«, sage ich, und plötzlich frage ich mich, was mich eigentlich noch mit Judith verbindet. Ich komme mir viel älter vor als sie, obwohl in Wahrheit sie älter ist. Schließlich reden wir tatsächlich über das Wetter.

Das Gespräch ist am Nullpunkt. Um die Situation noch irgendwie zu retten, schlage ich vor, zu mir zu fahren. Sie sagt »von mir aus«, aber gleich darauf bereue ich meinen Vorschlag. Ich bestelle noch schnell ein kleines Bier, dann zahle ich, und Judith wartet, bis ich ausgetrunken habe. Als wir zum Auto gehen, läutet mein Handy. Es ist Hannes. Er fragt, was ich heute mache. Ich sage »keine Ahnung«, und er meint, ob ich nicht zu ihm kommen will. Also fahren wir zu Hannes. Wir läuten an, er öffnet uns die Tür mit einem Bier in der Hand. Ich stelle ihm Judith vor und hole mir auch ein Bier aus dem Kühlschrank. Dann setzen wir uns ins Wohnzimmer. Es sind noch zwei Mädchen da, Iris und Bettina. Bettina habe ich schon ein paarmal gesehen. Ich begrüße sie, wir wechseln ein paar Worte, und ich bin froh, daß ich nicht mehr mit Judith allein sein muß. Hannes richtet uns eine Wasserpfeife her, dann rauchen wir im Kreis, nur Judith nicht, die etwas abseits auf einer Couch sitzt. Iris beginnt zu der Wasserpfeife einen Joint zu rollen, und Hannes legt etwas Altes von Madonna auf, und wir reden eine Zeitlang über neue, gute Lieder, dann ziehen Hannes und ich uns ein wenig Koks im Badezimmer hinein, weil wir das nicht vor den Mädchen machen wollen, und ich sage ihm, wie froh ich bin, hier und nicht mehr allein mit Judith zu sein. Er fragt »wieso?«, und ich antworte, daß ich das nicht genau weiß, und er meint, daß Bettina ein nettes Mädchen ist, und ich muß ihm zustimmen. Wir gehen wieder zurück ins Wohnzimmer, und ich fühle mich dank dem Koks sehr aufgeräumt, und während ich mit Bettina plaudere, sitzt Judith immer noch auf dieser Couch und blättert in einem Buch. Wir rauchen noch ein paar Joints, dann steht Judith auf einmal auf und verkündet, daß sie gehen will, also sage ich »gut« und verabschiede mich von Hannes und den zwei Mädchen. Unten auf der Straße frage ich Judith, ob ich sie noch nach Hause begleiten soll, aber sie sagt »nein, danke«, und als ich so vor ihr stehe, fühle ich mich, als würde ich mich jetzt für immer von ihr abwenden, also sage ich »adieu« und »mach's gut«, dann dreht sie sich wortlos um und geht Richtung U-Bahn. Ich bleibe noch stehen, knöpfe meinen Mantel zu und schaue ihr nach, und als sie um die Ecke biegt, atme ich auf, so als hätte ich gerade etwas Unangenehmes überstanden. Zwar sage ich mir, daß ich scheußlich bin, aber als ich langsam heimwärts gehe, fühle ich mich unglaublich wohl, und wenn ich nicht Angst hätte, auf dem Eis am Gehsteig auszurutschen, würde ich anfangen zu laufen.

Zu Hause nehme ich noch etwas Koks, dann setze ich mich vor den Fernseher und schaue mir den dritten Teil von »Indiana Jones« an, der gerade läuft. Gegen halb eins läutet das Telefon. Es ist Hannes, der sich erkundigt, ob mit Judith alles in Ordnung war. Ich sage, daß ich sie wahrscheinlich nie wiedersehen werde und daß ich einigermaßen glücklich darüber bin. Dann frage ich Hannes nach der Telefonnummer von Bettina, er gibt sie mir, und wir wünschen uns noch eine gute Nacht. Bis drei Uhr bleibe ich auf, sehe fern und trinke Bier, dann lege ich mich ins Bett. Ich schlafe traumlos.

Wir beginnen Silvester mit einer Art Sektfrühstück bei Hannes. Es sind ungefähr zehn Leute da, die ich zur Hälfte vom Sehen kenne. Wir rauchen ein paar Joints, essen Brötchen und hören »Clandestino«, eine CD, die im Moment auf fast allen Parties aufgelegt wird. Zu jeder vollen Stunde öffnen wir eine Flasche Sekt und stoßen an. Um fünf fahren Lukas, Peter und ich zum Schwedenplatz, um einen Dealer zu treffen, mit dem Peter etwas ausgemacht hat. Wir warten zwanzig Minuten, aber er taucht nicht auf, weswegen wir wieder zurückfahren. Inzwischen sind schon mehr Leute bei Hannes. Andauernd läuten irgendwelche Handys. In der Küche treffe ich Iris. »Du schaust vielleicht fertig aus«, meint sie. »Sorry«, sage ich, »so sehe ich halt aus.« Es ist seltsam, daß mich Leute immer fragen, ob ich traurig bin oder müde oder eben fertig, wenn ich gerade nicht lache. Ich erinnere mich an einen Französischlehrer aus meiner ehemaligen Schule, der jedesmal, wenn er mich sah, zu mir sagte, ich solle nicht so ernst schauen, weil man das Leben positiv sehen muß. Er meinte, daß er als Jugendlicher auch so war. Dann schenkte er mir einmal das Buch »... trotzdem Ja zum Leben sagen». Eigentlich mochte ich ihn ganz gerne.

Ich gehe zurück ins Wohnzimmer, wo Peter gerade verzweifelt versucht, mit seinem Handy einen anderen Dealer zu erreichen. Lukas und ich beschließen, ein wenig in der Stadt spazieren zu gehen. Wir ziehen eine halbe Stunde herum, aber es ist noch nicht viel los. Dann ruft uns Peter an und sagt, er hat jetzt jemanden erreicht, der uns etwas besorgen könnte. Wir treffen einander am Schottentor und fahren mit einem Taxi zu der Adresse. Der Freund von Peter ist noch nicht da, also sitzen wir mit dessen Freundin in der Wohnung, hören Radio, trinken Jameson und rauchen Bongs. Nach einer halben Stunde kommen zwei Freundinnen des Mädchens. Sie wollen zu einem Fest auf irgendein Schloß in Niederösterreich fahren. Sie sind herausgeputzt und aufgeregt. Nachdem eine von ihnen eine Bong geraucht hat, fängt sie an zu kichern und meint, daß es lustig ist, daß sie heute alle drei gemeinsam zu diesem Fest fahren würden und daß sie heute alle drei die Regel haben. Den anderen beiden ist das furchtbar peinlich. Ich verschlucke mich und muß husten. Manchmal können Mädchen unglaublich lustig sein.

Nach einer Stunde kommt endlich Peters Freund. Er hat nichts besorgen können. Wir sind einigermaßen enttäuscht und fahren zurück in Hannes' Wohnung. Dort sind schon alle beim Aufbruch. Hannes hat noch ein wenig Koks. Wir genehmigen uns eine Linie im Badezimmer. Es ist halb elf. Jemand sagt, er weiß irgendwo ein tolles Fest, also brechen wir dorthin auf. Es ist eine Wohnung mit einem großen Balkon, auf dem ziemlich hoch Schnee liegt. Als wir eintreten, meint Lukas, daß da aber fast nur Männer sind. Einige tanzen. In einer Ecke küssen sich zwei Männer. Ich sage zu Hannes »Abgang?«, und er sagt »ja«, und wir hauen mit Lukas und ohne Peter wieder ab. Auf der Straße rutsche ich auf einer eisigen Stelle aus und verletze mich an der Hand. Wir versuchen, ein Taxi zu bekommen, aber nirgendwo ist eines aufzutreiben. Lukas meint, wir sollten doch auf den Stephansplatz schauen. Also gehen wir los. Um halb zwölf sind wir bei der Kärntnerstraße. Wir drängen uns durch die Menschenmassen, und punkt zwölf stehen wir vor dem Stephansdom. Als alle die letzten zehn Sekunden des Jahres rückwärts zu zählen beginnen, zähle ich auch mit, aber irgendwie ist meine Begeisterung gespielt. In Wirklichkeit komme ich mir albern vor. Dann umarmen wir einander, trinken den Sekt, den Lukas bei einem Stand mitgehen hat lassen, und drängen uns wieder durch die Leute bis zu einer Straße ganz in der Nähe, wo Hannes zu einem Fest eingeladen ist. Wir stehen schließlich oben auf der Dachterrasse der Wohnung, trinken Weißwein und sehen uns das Feuerwerk an. Die Gastgeberin spendiert Hannes und mir noch etwas Koks in ihrem Zimmer. Um drei verlasse ich die Wohnung. Da ich ziemlich betrunken bin, gehe ich direkt nach Hause. Ich sehe noch etwas fern, dann lege ich mich hin. Um halb sieben läutet das Telefon. Ich hebe ab, und eine Stimme, die ich nicht wirklich zuordnen kann, sagt: »Na, hast du sie gefickt? Hast du sie gefickt?« Ich sage: »Fick dich doch selber« und lege auf. Kurz bevor ich einschlafe, denke ich noch, daß das eigentlich ein fürchterliches Jahr war und daß ich im Grunde nicht glaube, daß das nächste besser wird. Dann sage ich laut »Scheiße«. Draußen wird es langsam hell.

Ein paar Tage später rufe ich Bettina auf ihrem Handy an. Da sie sich nicht meldet, spreche ich ihr auf die Mailbox, ob sie Lust hätte, mit mir in nächster Zeit einmal etwas trinken zu gehen. Als gleich darauf das Telefon läutet, denke ich, es ist Bettina, aber es ist Simone, eine Freundin, die ich nur alle paar Monate sehe. Ich frage sie, wie es ihr geht, und sie erzählt, daß sie morgen mit Freunden auf Ski-Urlaub fährt, und fragt, ob ich nicht Lust hätte, mitzukommen. Ich überlege kurz, dann sage ich »okay«. Sie meint »na, fein« und beschreibt mir die Strecke.

Am darauffolgenden Tag fahre ich zu Mittag los und bin am frühen Abend im Ski-Ort. Weil ich die ersten zwei Nächte noch nicht im Gemeinschaftsquartier schlafen kann, kümmere ich mich um eine Unterkunft und finde ein Zimmer in einer Pension etwas außerhalb des Ortes. Da ich Simone nicht erreiche, ziehe ich mich um und fahre zurück in den Ort, um irgendwo etwas zu trinken. Ich kann wählen zwischen »Tom's Bierstube« und einem Lokal, das sich »Après-Ski« nennt. Ich wähle das letztere. Drinnen ist es leer und kalt. Ich setze mich in eine Ecke und bestelle ein Bier. Der Mann hinter der Bar bringt mir eine Flasche und stellt sie auf den Tisch. Ich bitte ihn um ein Glas, dann trinke ich ein paar Schluck von dem Bier, das viel zu warm ist, und probiere noch einmal, Simone anzurufen, aber es meldet sich nur ihre Mailbox. Ich trinke das Bier aus, so schnell es geht, dann zahle ich und gehe. Draußen ist es schon so dunkel, daß man nicht einmal mehr die Silhouetten der Berge sieht, die den Ort umgeben. Ich gehe die paar Schritte zu »Tom's Bierstube«, aber sie hat noch geschlossen, also schlendere ich ein wenig im Ort herum, schaue mir die Kirche und den Friedhof an, und dann, als mir schon kalt zu werden beginnt, läutet mein Handy, und es ist Simone, die mir den Weg zu dem Appartement beschreibt, das sie und ein paar Freunde von ihr gemietet haben. Ich fahre hin, läute an, und eine ältere Frau öffnet die Tür und fragt mich, was ich will. Ich antworte, daß ich zu den jungen Leuten gehöre und komme mir dabei reichlich blöd vor, aber sie sagt: »Ah ja, treten Sie ein«, und ich trete ein, und da kommt mir schon Simone entgegen, und wir begrüßen uns, dann führt sie mich in den ersten Stock in die Küche, wo Simones Freunde sitzen. Ich schüttle allen die Hand und nehme Platz. Es sind eine Frau und drei Männer. Die Frau erzählt gerade, warum sie sich makrobiotisch ernährt. Ich zünde mir eine Zigarette an und mustere sie. Sie sieht ein wenig aus wie Jodie Foster, also ein Frauentyp, der mir überhaupt nicht liegt. Ihr Freund, der neben ihr sitzt, fragt mich, wo ich denn wohne und so weiter. Die Gespräche langweilen mich. Um zwölf verabschiede ich mich und fahre in meine Pension.

Die folgende Zeit verbringe ich mit Skifahren und Auf-der-Hütte-sitzen-und-Schnapstrinken. Das Skifahren macht mir Spaß. Nach den zwei Tagen in der Pension übersiedle ich in das Appartement. Und schon nach einem Tag sehne ich mich nach der Einsamkeit meines Zimmers. Es ist wie in einer Wohngemeinschaft. Am Morgen riecht das Klo nach den Fäkalien der anderen, und in der Dusche liegen Büschel von Haaren. Am Abend sitzen immer alle zusammen in der Küche, und einer kocht. Die Gespräche töten mich. Ich frage mich, ob ich den anderen wohl auch so unsympathisch bin wie sie mir und ob sie vielleicht dasselbe über mich denken wie ich über sie. Die Frau, die mich an Jodie Foster erinnert, sagt bei jeder Gelegenheit »Hoppsi« und lacht dann immer, weil sie das offenbar furchtbar komisch findet, und alle lachen mit. Ihr Freund sagt, egal worum es geht: »Ist das nicht nett?«, was ebenfalls alle lustig finden. Offensichtlich handelt es sich um Running Gags, die ich nicht mitbekomme, und das Schlimmste ist, daß ich jedesmal mitlachen muß, um nicht als Griesgram zu gelten. Es ist zum Kotzen spießig. Als ich einmal mit einer Zigarette im Mund ins Zimmer des einen Paares trete, meint der Freund von Jodie Foster, daß das Rauchen in den Zimmern aber nicht erlaubt ist. Und am Abend gehen alle zusammen in eines der zwei Lokale der Ortschaft, wo sie Wodka-Feige trinken und bei den miesesten Liedern mitsingen.

Ich bin ziemlich froh, als ich nach zwei Tagen wieder unterwegs nach Wien bin. Auf der Autobahn rasend, schreie ich abwechselnd »Hoppsi« und »ist das nicht nett?«, und als ich zu Hause ankomme, schwöre ich mir, nie wieder mit jemandem, den ich nicht wirklich gut kenne und mag, Urlaub zu machen.

Obwohl ich mir den Wecker gestellt habe, schaffe ich es nicht, um acht Uhr aufzustehen, um auf die Uni zu gehen. Das ganze Semester hindurch habe ich nie die Kraft gehabt, die Vorlesung am Dienstag um neun Uhr zu besuchen. Stattdessen bleibe ich noch im Bett liegen und habe einen sehr angenehmen Traum. Ich träume, daß ich in einer langen Allee auf der Erde liege, und um mich herum und auf mir sitzen verschiedene Papageien, die allesamt sprechen können. Ich unterhalte mich mit ihnen, und wenn sie sich auf meine Hand setzen, kann ich ihre Wärme spüren.

Um zwölf komme ich dann endlich aus dem Bett und gehe wie gewöhnlich in die Küche. Ich schalte automatisch das Radio ein, und überall laufen nur Lieder, die ich schon kenne, und ich bin auf einmal furchtbar deprimiert darüber, daß ich immer dasselbe mache, wenn ich aufstehe. Ich schalte das Radio ab, aber die Stille ist noch schlimmer, und mir ist plötzlich zum Heulen zumute, und ich fühle ein komisches Würgen in der Kehle. Ich habe keine Ahnung, was ich dagegen tun soll, und diese Hilflosigkeit macht das Ganze noch schlimmer. Ich stehe auf und beschließe, in den Zettelhaufen, der sich auf dem Küchentisch stapelt, etwas Ordnung zu bringen, aber schon nach kurzer Zeit verläßt mich der Mut. Ich setze mich wieder hin und ziehe einen Zettel aus dem Haufen. Ich lese, was ich da irgendwann einmal geschrieben habe:

Ich habe mich sattgesehen, ich bin dort gewesen. Dort habe ich gestanden, mit einem Glas in der Hand und habe mich sattgesehen an den Himmeln, von denen ich schon so viel gehört habe.

Jetzt habe ich die Rechnung präsentiert bekommen. Aber manchmal noch überkommt es mich, und ich schleiche, wenn es Nacht wird, wie ein Dieb hinter die Mauern und treibe Unzucht mit den Himmeln, die vergangen sind.

Manchmal wache ich auf, frühmorgens, und eine Berührung ist da, die sich nicht in die Wirklichkeit auflösen will, und dann sitze ich da und habe noch den Abdruck eines Gesichts, ihres Gesichts, in den Händen.

Nichts ist dann außer mir da, nur die Nachbilder der Träume an den weißen Wänden. Und das Geräusch, das man hört, ist das Herz, das nicht mehr weiß, warum es so anders schlägt als früher.

Ich habe keine Ahnung, wann ich das geschrieben habe, aber es muß schon eine Zeit her sein. Irgendwie tröstet es mich, das jetzt zu lesen, obwohl der Text nicht sonderlich gut ist. Ich blicke aus dem Fenster und sehe, es schneit. Am liebsten würde ich mich wieder ins Bett legen, aber ich weiß, daß das nichts bringen würde.

Später sitze ich im Dunkel auf dem Fauteuil im Wohnzimmer, rauche eine Zigarette und trinke Wein. Es ist halb fünf, und ich überlege, ob ich Bettina anrufen soll, aber plötzlich deprimiert mich der Gedanke, mit ihr zu reden. Dann muß ich an die Spinne denken, die ich heute, als ich duschen wollte, in meiner Badewanne fand. Ich ließ sie auf meinen Finger klettern und schaute ihr zu, wie sie auf meinem Arm entlangstakste. Der Gedanke, sie zu zerdrücken, tat mir weh, aber ich mußte trotzdem an die Möglichkeit, es zu tun, denken. Das ist oft so bei mir, selbst wenn ich glücklich bin, habe ich oft die absurdesten Gedanken und den Wunsch, das Glück zu zerstören. Ich liege zum Beispiel neben einer Frau und bin unglaublich glücklich, aber irgend etwas in mir sträubt sich gegen das Glück, und dann stelle ich mir vor, wie ich etwas Verletzendes zu ihr sage, etwas, das sie sich in keiner Weise erwartet. Oder jemand ist wirklich nett zu mir, und während ich mich noch mit ihm unterhalte, male ich mir aus, wie es wäre, ihm ins Gesicht zu schlagen. Ich halte einfach keine Idylle aus, glaube ich. Genauso war das mit der Spinne. Ich empfand so etwas wie liebevolle Achtung zu diesem Lebewesen, als es da auf meinem Arm herumkrabbelte, aber irgendwie wollte ich auch dieses Gefühl zerstören und die Spinne zerdrücken. Ich setzte sie dann auf meinen Schlafrock und schaute ihr zu, wie sie sich an ihrem Faden ein Stück hinunterließ. Ich habe Spinnen gern, besonders Weberknechte. Ich kann mich erinnern, daß ich einmal, auf einer Schullandwoche, einem Mitschüler eine Ohrfeige gab, weil dieser einen Weberknecht mit einer brennenden Zigarette getötet hatte.

Während ich daran denke, piepst mein Handy. Es
ist eine Nachricht von Bettina. »You are always on my mind«, schreibt sie mir. Gestern haben wir uns lange geküßt, als ich sie im Auto nach Hause brachte. Als ich dann zurückfuhr, fühlte ich mich gleichzeitig stark und verletzlich. Ich putzte mir nicht die Zähne, um mit ihrem Geschmack auf den Lippen einzuschlafen.

Ich schreibe ihr zurück: »Du gehst mir ab. Ich bin gerade sehr alleine. Aber das macht ja nichts«, weil ich mein Selbstmitleid nicht ganz unter Kontrolle habe. Nach ein paar Minuten kommt wieder eine Nachricht von ihr: »Es tut mir von ganzem Herzen leid, daß ich nicht bei dir sein kann. Ich will nur, daß es dir gut geht«. Ich schreibe ihr: »Don't think twice, it's alright«, dann schalte ich das Handy aus. Ich überlege, ob ich mich jetzt gehen lassen und eine Cohen-Platte auflegen soll, aber dann ist mir das doch eine Spur zu bemüht, und ich lasse es bleiben. Stattdessen trinke ich die Flasche Wein aus und beschließe, noch eine Flasche zu öffnen. Während ich den Flaschenöffner suche, läutet das Telephon. Ich hebe ab, aber sage nicht »hallo«. Auch am anderen Ende der Leitung bleibt es stumm. Man hört nur ganz in der Ferne ein Rauschen. Ich sage immer noch nichts, sondern warte nur. Nach ungefähr einer Minute vernehme ich eine Art Seufzen, dann wird aufgelegt. Ich lege auch auf und überlege, wer das gewesen sein könnte. Gleich darauf läutet es wieder. Diesmal ist es Anna. Ich frage sie, ob sie eben schon einmal angerufen hat, aber sie sagt »nein« und fragt mich stattdessen, wie es mir geht. Ich sage: »Es geht«, und dann fragt sie mich, was ich denn so treibe. Ich sage »nichts«, und Anna lacht und meint: »Jaja, denn sie wissen, nicht, was sie tun sollen.« Ich sage: »So ist es«, und dann machen wir uns noch aus, uns in nächster Zukunft einmal zu treffen, und legen auf.

Um halb sieben sitze ich im Café Votivpark bei einem Bier und lese eine Zeitung. Am Nebentisch sitzt eine Familie mit zwei Kindern. Eines davon bläst einen orangen

McDonald's-Luftballon auf und läßt ihn dann los. Er zischt durch den Raum und fällt auf den Tisch neben mein Glas. Ich werfe ihn dem Kind wieder zu. Es fragt, ob er in mein Bier gefallen ist. Ich sage »nein« und werde rot, was mir oft passiert, wenn ich vor den Augen Erwachsener mit einem Kind rede. Irgendwie fürchte ich mich, glaube ich, vor der Direktheit der Kinder. Sogar bei meiner Arbeit als Zivildiener im Kindergarten war es mir oft peinlich, wie offen und unschuldig distanzlos Kinder sein können. Aber auch daran kann man sich gewöhnen.

Ich trinke einen Schluck von meinem Bier, das mir nicht wirklich schmeckt, weil es zuviel Kohlensäure enthält, und zünde mir eine Zigarette an. Dabei kommt mir etwas Rauch ins Auge, und es tränt. Die Zigarette schmeckt komischerweise ein bißchen wie eine Mentholzigarette, aber es ist nicht störend. Im Radio im Hintergrund spielt es »Boat on the River« von Styx, und ich fühle mich für einen Augenblick sehr wohl, aber dann läutet mein Handy, und obwohl ich jetzt keine Lust habe zu telefonieren, nehme ich das Gespräch entgegen. Schon bevor ich mich melde, sehe ich auf dem Display, daß es Bettina ist. Wir verabreden uns für acht Uhr am Stephansplatz. Nachdem ich aufgelegt habe, fällt mir ein, daß ich sie ja gar nicht gefragt habe, in welchen Film sie gehen will. Es ist mir eigentlich auch egal. Ich freue mich nur darauf, neben ihr im Kino zu sitzen

Am nächsten Tag treffe ich um halb neun Hannes, Lukas und Bettina in einem Lokal in der Nähe von Hannes', Wohnung. Als ich die Tür zum Lokal aufstoße, höre ich die ersten Töne von »Gloria« von Van Morrison & Them. Man kann sich kein schöneres Lied wünschen, wenn man ein Lokal betritt. Ich hänge meinen Mantel auf einen schon völlig überladenen Kleiderständer und setze mich zu ihnen. Bettina gibt mir einen Kuß, und ich bestelle ein Bier. Wir trinken eine Zeitlang, dann beschließen wir, zu Hannes zu gehen. Dort sehen wir fern, hören Musik und trinken Bier, das wir aus dem Lokal mitgenommen haben. Bettina kommt immer wieder zu mir und umarmt und küßt mich. Gegen drei Uhr fragt Bettina Hannes, ob sie bei ihm schlafen kann, und nachdem er »sicher« gesagt hat, legt sie sich ins Bett. Auch Hannes meint, daß er müde ist. Lukas und ich wollen noch aufbleiben. Wir füllen ein Glas zur Hälfte mit Schnaps und werfen eine Münze, wer es leeren muß. Ziemlich schnell sind wir betrunken. Lukas kümmert sich um die Musik und legt ein Beethoven-Klavierkonzert auf. In einer stillen Passage höre ich ein Stöhnen aus dem Nebenzimmer, wo Hannes und Bettina im Bett liegen. Ich glaube zuerst, daß ich mich täusche, aber dann hört es auch Lukas. »Ich fasse es nicht«, sage ich zu ihm. Er zuckt mit den Schultern, und ich spüre plötzlich einen Stich im Herzen. Komischerweise aber wird es mir schnell egal, und ich muß sogar grinsen. Trotzdem sage ich zu Lukas, daß ich jetzt gehen werde. Ich ziehe meine Schuhe an und verlasse möglichst geräuschvoll die Wohnung. Im Aufzug schlage ich zweioder dreimal mit der Hand gegen den Spiegel, und es tut gut, den Schmerz zu spüren. Ich schlage noch einmal dagegen, bis er splittert. Auf der Straße zünde ich mir dann eine Zigarette an. Ich merke, daß meine Hand blutet. Halb fasziniert blicke ich auf die Verletzung. Sie sieht dramatisch aus und irgendwie männlich. Ich wickle mir mein Taschentuch um die blutende Hand und überlege, ob ich noch irgendwo hingehen soll, aber alle Lokale, an denen ich vorbeikomme, haben schon geschlossen. Ich denke sogar kurz daran, Nina anzurufen, um sie zu fragen, ob ich vorbeikommen kann, aber das mache ich dann zum Glück doch nicht, sondern gehe nach Hause.

Am nächsten Morgen stehe ich um zehn Uhr auf. Auf meinem Handy ist eine Nachricht von Bettina: »Ich will dich nicht wegen gestern verlieren. Mein Herz tut weh. Ich küsse dich.«

Nachmittags gehe ich auf die Universität. Ich sitze in einer Vorlesung und denke die ganze Zeit darüber nach, warum ich einerseits gekränkt bin, daß Hannes und Bettina miteinander geschlafen haben, ohne sich darum zu kümmern, daß ich sie nebenan hören kann, es mir aber dabei vorkommt, als wäre da ein blinder Fleck in meinem Verständnis, sobald ich es zu fassen versuche. Dazu fallen mir natürlich die Liedzeilen ein:

The walls of this hotel are paper-thin
Last night I heard you making love to him…
I stood there with my ear against the wall
I was not seized by jealousy at all
In fact a burden lifted from my soul
I heard that love
Was out of my control…

Ich fühle mich getröstet, während ich das Lied in den Ohren habe, und ich frage mich, was ich wohl zu Bettina sagen werde, wenn ich sie wiedertreffe. Wahrscheinlich werde ich ihr sagen, daß ich ihr keinen Vorwurf machen kann, denn ich denke mir, daß ich vielleicht dasselbe gemacht hätte. Aber vermutlich doch nicht.

Ich verlasse die Vorlesung in einer Pause und stehe dann auf der Straße und weiß nicht wirklich, was ich tun soll. Ich könnte mich ja in ein Café setzen oder einfach nur spazierengehen, aber irgendwie freut mich beides nicht. Auf meine Wohnung habe ich auch keine Lust, deswegen setze ich mich in die nächste Straßenbahn und fahre einmal um den Ring. Ich löse keinen Fahrschein, weil es mir egal ist, ob ich erwischt werde, aber es finden keine Kontrollen statt. Am Schottenring steige ich aus und gehe die Stufen zum Donaukanal hinunter. Die Wände des Abgangs sind mit Graffitis vollgeschmiert, und es riecht nach Urin und Erbrochenem. Am Ende des Kais schaue ich auf den langsam dahintreibenden Fluß. »Das ist also der Amazonas«, denke ich und muß lachen. Das Wasser ist dunkelgrau, undurchsichtig. Ich stehe eine Weile dort und schaue nur hinein. Das ist sehr angenehm. Dann spaziere ich den Kanal entlang. Auf der Erde der Beete seitlich vom Weg liegen Schollen von grauem Schnee und Hundekot. Als ich an einer öffentlichen Toilette vorbeikomme, tritt ein Mann in einer total verschmutzten Jacke und mit fettigen, langen Haaren auf mich zu und fragt mich, ob ich etwas brauche. Ich sage »nein«und setze meinen Weg fort. Obwohl mir im Moment überhaupt nicht danach ist, fange ich an zu pfeifen.

Dann sehe ich eine Krähe, die auf der Lehne einer Bank sitzt, und mache ihr Krächzen nach. Sie fliegt auf den nächsten Baum. Es weht ein sehr kalter Wind, aber ich lasse meinen Mantel trotzdem offen. Die Kälte wird mir vielleicht guttun, denke ich. Unter einer Brücke liegt unter einem Haufen von Decken ein Clochard und schläft. Neben ihm steht eine leere Doppelliterflasche. Ich bleibe kurz stehen und betrachte ihn, bevor ich weitermarschiere. Fast eine halbe Stunde wandere ich auf der einen Seite des Kanals, dann überquere ich eine Brücke und gehe auf der anderen Seite zurück. Ich überlege mir, daß ich eigentlich vorhatte, mit Bettina im Februar nach Paris zu fahren, und daß ich jetzt wahrscheinlich alleine fliegen werde. Ich will mir eine Zigarette anzünden, aber ich merke, daß ich keine Streichhölzer mithabe, und es kommt mir auch niemand entgegen, den ich um Feuer fragen könnte. Schließlich gehe ich am Schwedenplatz in einen Supermarkt, um Wein zu kaufen. Als ich die Flaschen aus dem Regal nehme, fällt eine auf den Boden und zerbricht. Eine Angestellte kommt und fragt mich, ob ich das war. Ich sage »Entschuldigung«, aber sie zuckt nur mit den Achseln und holt einen Besen und einen Fetzen. Ich stehe daneben und weiß nicht genau, wie ich da jetzt helfen soll, also schiebe ich meinen Einkaufswagen zur Kassa, zahle und trete ins Freie. In einer Trafik kaufe ich mir noch eine Stange Zigaretten. Um den Zehner, den ichherauskriege, kaufe ich mir ein Brieflos. Draußen öffne ich es. »Leider nicht« steht darin. Ich werfe es weg, und plötzlich fühle ich mich ganz elend. Fast fange ich an zu laufen, und als ich zu Hause bin, setze ich mich gleich an den Küchentisch und drehe das Radio ganz laut auf. Es hilft, und ich beruhige mich wieder. Ich nehme mein Handy und lese noch einmal die Nachricht, die mir Bettina geschickt hat.

Christian will eine Lesung mit mir organisieren. Wir treffen uns mit zwei Frauen, die eine Galerie betreiben, in der Wohnung eines DJs, der bei der Lesung auflegen soll. Wir trinken Bier, dann richtet uns der DJ Cocktails, die ziemlich stark sind, und weil ich noch nichts gegessen habe, bin ich recht schnell einigermaßen betrunken. Die Gespräche sind affektiert und langweilig, Floskeln, die ich genau so schon hundertmal gehört habe. Gegen halb zwei oder zwei erzählt sie mir eine der Frauen, daß sie in ihrer Wohnung einen Geist hat. Anfangs glaube ich noch, das ist ein Scherz, und sage: »Wer nicht?«, aber dann merke ich, daß sie es ernst meint.

»Und der Geist belästigt mich, weil er nicht tot ist und keine Ruhe findet«, teilt sie mir mit.

»Aha«, sage ich.

»Und ich war auch schon bei einer Frau, die sich mit Geistern auskennt. Sie hat mir gesagt, sie hat drei Geister in ihrer Wohnung. Aber weißt du, das ist echt unangenehm. Ich höre immer seine Schritte, und er spielt mir Streiche.«

»Hast du es schon einmal mit Alkohol probiert?«, frage ich sie.

»Wie?«

»Na ja, ich meine, wenn man trinkt, dann machen einem die Geister vielleicht keine Angst mehr.«

»Ja, das habe ich schon versucht, aber der Geist gibt trotzdem keine Ruhe.«

»Aha«, sage ich nochmals und fasse es irgendwie überhaupt nicht.

»Ich habe auch schon meine Wohnung auspendeln lassen«, setzt sie fort. »Und der Mann, der das gemacht hat, hat auch gesagt, daß da ein Geist sein muß.«

»Na ja«, sage ich, »wenn du mit dem Geist reden kannst, dann sag ihm doch einfach, er soll zu mir kommen, in meine Wohnung. Ich bin eh so allein.«

»Sehr witzig«, meint sie und ist beleidigt.

Ich bleibe nicht mehr lange dort, sondern verabschiede mich nach einer Zigarette von allen, und als ich dann auf der Straße stehe und die eisige Luft mich wieder aufschüttelt, denke ich mir, daß es schon viele Psychos auf dieser Welt gibt und daß ich wahrscheinlich auch einer von ihnen bin, und ich knöpfe meinen Mantel zu und gehe Richtung nach Hause.

III.
Frühjahr

Die Gesamtheit bedrückte ihn; des Alls wegen, das er nicht hatte, tat er nichts.

Ludwig Hohl

It was summer or maybe spring, I can't remember…

Cockney Rebel

Es ist Samstag. Ich schlendere ziellos auf der Straße und sehe mir die Menschen an, die mit ihren Kindern an der Hand einen Nachmittagsbummel durch die Stadt machen. Bettler, die mit einer Bierdose an den Häuserecken stehen. Ein verwirrter alter Mann, der in einem Mistkübel nach irgend etwas sucht. Ein Jugendlicher, der im Gehen ein Pizzastück ißt. Viele Leute mit Handys. In einem Internetcafé sitzen ein paar junge Mädchen und schreiben wahrscheinlich ein E-mail an irgendwelche Freundinnen, die gerade in Tokyo oder Neuseeland sind. Um eine Imbißstube trippeln Tauben und picken nach Essensresten, und an einem Taxistandplatz sitzen die Fahrer in ihren Wägen und lesen Zeitung oder essen Wurstsemmeln, und ich bin einfach ein Fußgänger unter anderen Fußgängern, ein Stadtbewohner von vielen, und auf gewisse Weise spendet mir der Gedanke Trost, daß ich so überhaupt nicht auffalle.

Als ich heute um halb sechs in der Früh nach Hause ging, war es noch dunkel, aber es waren natürlich schon Leute auf der Straße, und in manche Geschäfte wurden Kisten hinein und wieder heraus getragen, und ich freute mich über die Amsel, die ich irgendwo über den Dächern hörte, und in meiner Wohnung setzte ich mich vor den Fernseher, wo gerade »Moby Dick« lief, und ich schaute mir noch das Ende an, bevor ich mich ins Bett legte.

Es wunderte mich, daß ich nur vier Stunden schlafen konnte, aber die Bettdecke kam mir in einem Moment des Aufschreckens aus dem Schlaf so bedrückend vor, daß ich aufstehen mußte. Nach einem Morgenkaffee raffte ich mich auf und ging einkaufen, weil ich Hunger hatte und in meinem Kühlschrank nichts war, was ich hätte essen können. Bei der Kassa legte ich alle Waren auf das Förderband, was ich nicht immer tue, vor allem wenn ich Bier kaufe. Oft schaut nämlich die Kassiererin nicht in den Einkaufswagen und ich brauche dann nur ein Bier statt sechs oder so zu bezahlen. Aber heute war ich ehrlich und ärgerte mich, als das Mädchen hinter der Kassa dann aufstand und sich vergewisserte, daß ich nichts im Wagen gelassen hatte. Als sie mich dann fragte, ob ich dreißig Groschen genau hätte, sagte ich »nein«, obwohl ich sie ihr hätte geben können. Zu Hause machte ich mir Spiegeleier, und mit dem letzten Bissen stand ich auf und verließ wieder meine Wohnung.

Jetzt sitze ich in einem Café und schaue in der Zeitung nach, was im Kino läuft, aber es gibt keinen Film, der mich reizt. Als ich aus dem Lokal komme, gehe ich in eine Buchhandlung und sehe mir ein paar Neuerscheinungen an, dann überlege ich mir, ob ich »Lehrjahre des Gefühls« kaufen soll, aber ich tue es dann doch nicht, weil ich denke, daß es kein Buch für diesen Monat, sondern eines für den Sommer ist, ein Buch, das sich herrlich liest, im Gastgarten eines Lokals sitzend, im kurzen Hemd, und die Sonne scheint hell auf das Buch, daß man fast nicht hinschauen kann, weil es so blendet. Oder man fährt in einem Bummelzug irgendwohin, mit geöffneten Fenstern, und dann blickt man hin und wieder vom Buch auf und sieht sich die Landschaft an oder blinzelt träge in die Sonne.

Also gehe ich wieder aus der Buchhandlung, ohne etwas gekauft zu haben, und weiß nicht, was ich jetzt machen soll. Ein Mädchen kommt mir entgegen und blickt mich seltsam an, und ich frage mich, ob sie mich so anschaut, weil ich ihr gefalle oder vielleicht weil ich so fertig wirke. Ich ärgere mich, daß ich sie nicht angelächelt habe, aber dafür ist es eben zu spät, und ich mache mich, weil mir nichts anderes einfällt, auf den Heimweg. Aber dann, kurz vor der Haustüre, stelle ich mir vor, wie es jetzt wäre, in der leeren Wohnung zu sitzen und eine Zigarette zu rauchen, und der Gedanke daran deprimiert mich derart, daß ich am Haus vorübergehe, als wäre es ein fremdes. Inzwischen ist es schon fast dunkel, doch noch nicht alle Autos haben ihre Scheinwerfer eingeschaltet. Im Schaufenster eines Friseurladens hängt ein Poster von Lenny Kravitz, auf dem er noch die langen Haare hat.

Bevor ich mich an diesem Abend ins Bett lege, nehme ich mir vor, morgen um neun Uhr aufzustehen, aber als dann in der Früh der Wecker läutet, schalte ich ihn ab und schlafe weiter und versuche, noch einmal in den Traum, den ich gerade geträumt habe, hineinzugelangen, was natürlich nicht klappt. Jedenfalls bleibe ich bis halb zwei im Bett liegen, immer wieder einschlafend und aufwachend, bis mir dann schon schwindlig ist vom Herumliegen, und ich stehe auf und gehe mir die Zähne putzen. Ich muß etwas ändern in meinem Leben, denke ich mir dann, als ich in der Küche sitze und eine rauche. Diese totale Folgenlosigkeit von allem, was ich tue, halte ich nicht mehr aus. Dazu kommt noch meine Unfähigkeit, Pläne, die ich mir erstelle, auch einzuhalten. Das war schon in der Schule vor Schularbeiten so. Wenn ich wußte, ich hatte noch zwei Wochen Zeit zu lernen, dann nahm ich mir einen Zettel, zeichnete vierzehn Abschnitte und teilte mir mein Arbeitspensum ein. Das lief ein, zwei Tage gut, dann ging ich einmal am Abend weg oder mußte etwas anderes machen und konnte das Pensum nicht mehr erfüllen. Also unterteilte ich den Lernstoff nach einer Woche wieder und so weiter, bis ich zwei Tage vor der Schularbeit noch beinahe den gesamten Stoff unangetastet vor mir hatte. So ist das mit mir und Plänen.

Ich muß noch drei Prüfungen im März machen, überlege ich mir, dann habe ich drei Monate Zeit, meine Diplomarbeit zu schreiben, und wenn ich es schaffe, bin ich vor dem Sommer fertig.

Als ich dann die Wohnung verlasse und durch den Hausflur gehe, riecht es nach Frühling, und auf der Straße merke ich, daß ich mit Mantel und Sakko viel zu warm angezogen bin, also kehre ich um und schlüpfe in meine Lederjacke. Wieder auf der Straße, schlendere ich Richtung Nationalbibliothek, um mir ein paar Aufsätze für meine Diplomarbeit ausheben zu lassen. Auf halbem Weg kommeich drauf, daß heute Sonntag und die Bibliothek geschlossen ist.

Mitte März mache ich die letzten drei Prüfungen auf der Universität. Weder beim Warten vor der Tür des Professors noch während des Prüfungsgesprächs bin ich aufgeregt, und als ich mir dann die erforderlichen Stempel abgeholt habe und mit meinen drei Zeugnissen aus der

Universität komme, fühle ich mich in keiner Weise erleichtert oder froh, jetzt alles, bis auf die Diplomarbeit, hinter mir zu haben. Im Gegenteil, es kommt mir vor, als hätte ich mir die Zeugnisse irgendwie erschwindelt.

Zu Hause angekommen, rufe ich Lukas an, sage ihm, daß ich mein Studium jetzt so gut wie abgeschlossen habe, und bitte ihn, für heute abend zwei Flaschen Four Roses und Orangensaft zu kaufen. Ich denke mir, daß ich vielleicht, indem ich feiere, was ich nicht für feiernswert erachte, doch so etwas wie eine Erleichterung verspüren werde, wenn ich nur betrunken genug bin. Wir verabreden uns für neun Uhr in der Wohnung von Lukas. Weil ich mit meiner Zeit bis dahin nicht wirklich etwas anzufangen weiß, nehme ich mir ein Buch und setze mich ins Alt-Wien und trinke ein paar Spritzer. Dann, um sieben Uhr, gehe ich zu einer Lesung ganz in der Nähe, wo ich ein paar Leute treffe, die ich kenne, aber ich langweile mich etwas, und schließlich befinde ich mich schon um halb neun in einem Taxi, das mich in den Bezirk bringt, wo Lukas wohnt. Der Taxifahrer murrt unwillig, als ich ihn bitte, einen anderen Musiksender einzustellen. Den Rest der Fahrt gibt er keinen Laut von sich, obwohl ich Lust hätte zu plaudern. Immer, wenn mir im Taxi danach ist, mich zu unterhalten, treffe ich auf einen Fahrer, der absolut mundfaul und unfreundlich ist. Und wenn ich meine Ruhe im Taxi haben will, redet der Lenker ununterbrochen auf mich ein, schimpft über andere Autofahrer, räsoniert über Politik oder kommentiert Tagesmeldungen, während ich einfach nur angeschwiegen werden will.

Als wir da sind und ich den Fahrpreis bezahle, frage ich den Taxilenker, ob er denn kein Lieblingslied hat. Er meint »nein«, und ich erwidere, daß es das nicht gibt, weil jeder Mensch ein Lieblingslied hat, worauf er »›Mama‹ von Phil Collins« murmelt, als sei es ihm peinlich, und ich sage »na eben« und steige aus.

Bei Lukas sitzt natürlich auch Hannes. Eine der beiden Bourbonflaschen ist schon fast leer. Sie johlen und umarmen mich und meinen, sie sind wahnsinnig stolz. Als Geschenk bekomme ich drei Überraschungseier. Ich gieße mir ein Glas halb mit Four Roses, halb mit Orangensaft voll und trinke die Hälfte in einem Zug aus. »Ich gedenke, mich heute abend anständig zu betrinken«, sage ich. Das tue ich auch. Um elf läutet der Mann von der Wohnung darüber an der Tür und meint, er wird die Polizei rufen, wenn wir die Musik weiterhin so laut spielen. Wir machen sie leiser, aber nach zwanzig Minuten klingelt er noch einmal. Wir schalten die Musik schließlich ganz aus, weil wir keine Lust auf Polizei haben, und um eins sage ich, daß ich jetzt gehen werde.

Das nächste, woran ich mich erinnern kann, ist, daß ich aufwache, weil direkt neben meinem Kopf ein Telephon läutet. Ich setze mich auf und sehe, daß es Tag ist und ich noch in Lukas' Wohnung bin. Während mir Lukas entgegentaumelt und den Telephonhörer abhebt, gehe ich in die Küche, um Wasser zu trinken. Dort finde ich Hannes, auf ein paar Sesseln liegend. Ich wecke ihn. Wir rauchen noch eine Zigarette, dann breche ich auf. Zu Hause lege ich mich ins Bett und schlafe sofort wieder ein.

Am Abend streune ich ein bißchen durch den siebten Bezirk. Es ist zwar kühler als gestern, aber immer noch so warm, daß ich in Hemd und Lederjacke nicht friere. Bei einem kleinen Platz vor einer Kirche setze ich mich auf die Bank und rauche eine Zigarette. Ich überlege, ob ich in ein Lokal gehen und ein Bier trinken soll, aber mir fehlt die Lust dazu, also tue ich nichts und schaue nur die Leute an, die vorübergehen. Die Kirchenmauern hinter mir riechen nach Stein, der in der Sonne erwärmt worden ist und jetzt langsam auskühlt. Irgendwo singt eine Amsel. Mir schnürt es auf angenehme Weise die Kehle zu, während ich dort sitze, rauche und der Amsel zuhöre. Ansonsten ist es fast still, weil auf der Straße vor der Kirche nur hin und wieder ein Auto fährt. Wahrscheinlich, überlege ich mir, könnte ich mich jetzt von einem Moment zum anderen auflösen, regungslos, wie unsichtbar bin ich. Komischerweise fühle ich kein Selbstmitleid oder Bedauern, es ist einfach so, als hätte meine Existenz für die Zeit des Hier-Dasitzens ausgesetzt.

Kurz öffnet sich die Tür eines Lokals am Platz, ein Paar tritt heraus, er sich eine Zigarette anzündend, sie mit gesenktem Kopf und einem Handy am Ohr, und für ein paar Augenblicke höre ich das Lied »Why does my heart feel so bad?«, das mir diesen Winter eine Zeitlang gut gefallen hat, aber es ist, als wäre meine Begeisterung für das Lied mit dem Verschwinden des Winters mitverschwunden, und ich stelle mir vor, wie ich mich in ein paar Jahren, wenn ich dieses Lied höre, erinnern werde, daß ich mich immer gefreut habe, wenn es im Radio lief, und ich werde mich fragen, vor wieviel Jahren das wohl war, und es wird mir nicht einfallen. Als es wieder still ist, höre ich, daß die Amsel immer noch singt, und ich stehe auf, gehe ein paar Schritte und merke, daß mir ein bißchen schwindlig ist, was daher rührt, daß ich heute noch nichts Anständiges gegessen habe, aber der Gedanke, jetzt in einem Lokal etwas bestellen und essen zu müssen, deprimiert mich. Ich gehe langsam die Burggasse hinauf, vorbei am ehemaligen Star-Kino, wo ich mir, bis es schließen mußte, in meiner Zivildienstzeit nahezu jeden Abend ein oder zwei Filme angeschaut habe. Ich bleibe vor den Schaukästen stehen. Die gibt es noch. Aber jetzt ist dort ein Theater. Das Starkino war damals eine Art Zuflucht für mich. Es waren selten mehr als zehn Leute in einer Vorführung, und ich saß immer fußfrei, an der Seite bei der Tür. Ich denke nach, welche Filme ich dort gesehen habe. Mir fallen einige ein, aber von vielen habe ich auch schon den Namen vergessen, nur versprengte Szenen habe ich noch im Kopf, und ich gehe weiter. Aber dann, ein paar Meter vor einer Peepshow, in der ich einmal war, reicht es mir, und ich halte ein Taxi an, das sich gerade nähert. Ich steige ein, noch ohne zu wissen, wohin ich eigentlich will, aber dann sage ich dem Fahrer, daß er mich nach Grinzing bringen soll. Ich frage, ob man hier rauchen darf, und zum Glück sagt er »ja«, und ich zünde mir eine an, und die Musik stimmt auch, und ich fließe im Abendverkehr durch Wien, fühle mich behütet und zugleich einsam, als wäre morgen Weltuntergang.

In Grinzing steige ich in den Bus, der auf den Kobenzl hinauffährt. Ich bin der einzige Fahrgast. Der Fahrer hält nicht an den Stationen, weil niemand einund ich nicht aussteigen will. Erst ganz oben, beim Parkplatz am Kobenzl bleibt er stehen, und ich drücke den Knopf, der die Türe öffnet. Weil es hier kälter ist, schließe ich meine Jacke. Dann gehe ich langsam den Hügel hinunter.

Ich sitze wieder zu Hause. Meine Stimmung ist beklemmend, und ich bin nervös, aber dann denke ich, daß ich mich vielleicht beruhige, wenn ich jetzt mit jemandem irgendwelche Belanglosigkeiten spreche, also rufe ich Anna auf ihrem Handy an, ohne wirklich zu wissen, was ich ihr sagen soll. Sie steht gerade an der Kassa eines Supermarkts. Ich höre im Hintergrund das Piepsen, wenn die Kassiererin einen Artikel über den Laserstrahl schiebt, dann sagt Anna »Einen Moment«, und während sie bezahlt, ist mir zum Heulen zumute.

Am frühen Abend gehe ich in den Stadtpark, um etwas zum Rauchen zu besorgen. Ich frage ein paar Typen, die an den üblichen Stellen herumstehen, ob sie etwas verkaufen, aber keiner hat etwas. Nur ein etwas älterer Mann sagt, er hat noch ein Deka, aber wir müssen mit zu seinem Auto gehen. Also kommen ich und noch zwei andere Käufer mit. Auf dem Weg fragt mich einer der beiden, ob ich einen schwarzen Afghanen will. Ich erkläre ihm, daß ich ihn zuerst sehen möchte. Er reicht mir einen schwarzen Klumpen, der eindeutig Plastilin ist. Ich gebe ihn ihm zurück und sage »nein, danke«. Der Dealer kramt dann hinter einem Reifen seines Autos Dope hervor, und ich kaufe zwei Gramm. Gerade als ich wieder gehen will, parkt ein Polizeiauto vor dem Wagen des

Dealers ein, und ein Polizist stürmt auf uns zu. Ich werfe sofort das Dope, das ich noch in der Hand habe, weg und tue so, als wäre ich ein normaler Passant. Der Polizist schreit mich an, daß ich stehenbleiben soll. Ich bleibe stehen. Ein anderer Polizist steigt aus dem Wagen und sucht mit einer Taschenlampe an der Stelle, wo ich das Zeug hingeworfen habe, und findet zwei Stangen. Ich muß beiseite treten und meine Taschen ausleeren, und einer der beiden Polizisten durchsucht mich. Dann zieht er sich Handschuhe an und greift mir in den Hosenbund. Dasselbe macht er mit den anderen zwei Typen und dem Dealer. Ich fühle mich ziemlich hilflos und habe etwas Angst, weil ich nicht weiß, was jetzt passieren wird, aber dann ist es mir auf einmal egal, was geschieht, und ich bitte einen der anderen, der mir das Plastilin andrehen wollte, um eine Zigarette. Er gibt mir unwillig eine und fragt mich leise noch einmal, ob ich jetzt vielleicht doch den Afghanen kaufen will, und ich sage wieder »nein«. Schließlich kommt einer der Polizisten zu mir und notiert sich die Personalien. Dann sagt er, daß alle außer dem Dealer gehen können.

Als ich wieder den Stadtpark durchquere, habe ich das Lied »Don't let me down« von den Beatles im Kopf, und es fragen mich zwei Jugendliche, ob ich etwas zum Rauchen brauche, aber ich habe genug für heute und antworte nicht. Dann trete ich fast auf eine Ratte, die mir, mit einer halben Semmel im Maul, über den Weg läuft. In meiner Wohnung richte ich mir ein Glas voll Whiskey, das ich fast in einem Zug austrinke. Danach geht es mir besser.

Die nächsten drei Wochen arbeite ich an meiner Diplomarbeit. Bald beginnt es mich zu nerven. Das ist immer so. Wenn ich mich länger mit etwas beschäftige, langweilt es mich plötzlich. Schließlich, an einem Abend, reicht es mir. Ich schalte den Computer ab, mache mir ein Bier auf und frage mich, was ich heute unternehmen könnte. Also gehe ich in den Supermarkt und kaufe mir eine Zeitung. Doch im Kino oder im Theater läuft nichts, was mich interessiert. Ich rufe bei Peter an, aber er ist nicht zu Hause oder geht nicht ans Telephon, weil er wieder einmal Mushrooms geworfen hat. Dann versuche ich es bei Lukas, und er ist da, hat jedoch keine Idee, was man machen könnte, und ihm fehlt auch die Lust, wie er sagt. Er sieht sich nämlich gerade einen Heinz-Rühmann-Film im Fernsehen an. Ihm fällt aber ein, daß ihm irgendein Bekannter von einer Vernissage erzählt hat. Ich sage »sicher schrecklich«, und er stimmt mir zu, aber wir beschließen, trotzdem vorbeizuschauen.

Um sieben holt er mich mit dem Auto ab, und wir fahren hin. Die Vernissage ist in einem Keller. Auf den ersten Blick ist es furchtbar. Häßliche Bilder, unsympathische Leute, und der Künstler, ein ungefähr vierzigjähriger Junggebliebener, reicht uns die Hand und meint, daß er sich freut, daß wir gekommen sind. In einer Ecke sitzt ein Schwarzer und schlägt auf eine Trommel. Wenigstens gibt es genug zu trinken. Wir organisieren uns Bier und stehen dann in einer Ecke und beratschlagen, wie wir hier das Beste daraus machen. »Da hilft wohl nur eines«, meint Lukas und zieht ein kleine Filmdose hervor. Während er dreht, nehme ich auf einem Fauteuil Platz.

Als wir uns den Joint angezündet haben und rauchen, kommt der Künstler zu uns. »Entschuldigt bitte«, sagt er, »aber da ich hier die Ausstellung mache, habe ich wohl das Recht, auch einen Zug zu bekommen.« Er grinst dabei verschwörerisch. »Sure, man«, erwidere ich und reiche ihm den Joint. Er zieht ein paarmal und meint dann: »Gutes Gras«, obwohl Dope drinnen ist. »Ja«, sage ich, »das Zeug heißt Purple Haze.« – »Purple Haze, aha, das muß ich mir merken«, meint er, dann wendet er sich einem Ehepaar zu, das soeben gekommen ist. Lukas baut schon den nächsten. Andauernd stellen sich irgendwelche Leute zu uns, die mitrauchen wollen, alle um die vierzig. Der Künstler kommt wieder vorbei und schwärmt zum drittenmal: »Tolles Gras! Wie heißt es noch einmal?« – »Deep Purple«, antworte ich, und er meint: »Ah ja, genau.« Ich bin schon ziemlich bedient, als er dann zu uns kommt, uns einen Beutel mit Gras in die Hand drückt und uns bittet, so lieb zu sein, ihm etwas zu bauen. Natürlich sind wir so lieb. Dann stehen wir an der provisorischen Bar und rauchen ein Gerät mit dem Trommler, der uns dabei dankbar anlächelt. Wahrscheinlich packt er es hier ebensowenig wie wir. Wir überlassen ihm den Rest vom Joint und verschwinden.

Auf dem Weg nach Hause schwöre ich mir, nie wieder auf eine Vernissage zu gehen. Es ist meistens einfach zu deprimierend. Zuhause trinke ich noch ein Glas Rotwein, dann lege ich mich ins Bett, obwohl es noch ziemlich früh ist, aber da ich ja morgen wieder an meiner Diplomarbeit schreiben will, ist es mir egal, und ich schlafe bald ein.

Am nächsten Tag, gegen halb fünf, fahre ich ins Weinhaus Sittl. Ich setze mich in den Gastgarten, trinke einen gespritzten Weißwein und lese noch ein bißchen im Computerausdruck meiner Diplomarbeit. Nach einer dreiviertel Stunde freut es mich nicht mehr, und ich bestelle mir noch Wein und zünde mir eine an. Ich habe den ganzen Tag geschrieben, und jetzt bin ich erschöpft und zufrieden. Ich sende Lukas eine Nachricht auf dem Handy, daß er herkommen soll, dann lehne ich mich zurück und schaue auf das Schild, das neben dem Ausgang aufgestellt ist. Darauf steht: »Heute könnte ein glücklicher Tag sein.« Ich frage mich, ob das ein Zitat ist und wer das wohl da hingeschrieben hat und warum. Hin und wieder verscheuche ich mit der Hand kleine Käfer, die vor mir fliegen und sich auf mich setzen. Dann kommt die Antwort von Lukas. Er schreibt: »me workoholic, you alcoholic«, weil er gerade für seine Pathologieprüfung lernen muß. Ich schreibe zurück: »make drinking to your work, and we both may be satisfied.« Auch wenn es kein feines Englisch ist, wird er mich verstehen, denke ich.

Ich bin gerne hier, arbeite und trinke Kaffee oder am Abend Wein. Es sitzen am Nachmittag hauptsächlich alte Leute, die alle ein bißchen derangiert wirken, an den Tischen, die um den riesigen Baum, dessen Stamm wie ein alter, gewaltiger Elefantenfuß aussieht, in der Mitte des Gastgartens stehen. Mein Handy piepst erneut, und ich lese die Erwiderung von Lukas: »sure that u make working to your drink.« Ich schreibe ihm ein Schimpfwort zurück und bestelle mir noch etwas zu trinken.

Dann packe ich die zwei Bücher aus, die ich auf dem Herweg in einem Antiquariat recht billig gekauft habe. Ich blättere in den Gedichten von Karl Wolfskehl, aber sie sind mir ein bißchen zu Stefan-George-mäßig, was mich nicht sonderlich begeistert. Ich verspüre leichten Hunger und hole die Speisekarte. Auf Empfehlung des Kellners bestelle ich einen Fasan mit Kroketten und Oberscreme.

Als dann mein Handy läutet und es Lukas ist, um mir mitzuteilen, daß er in einer Stunde kommt, beschließe ich, es abzuschalten, weil das Läuten hier nicht herpaßt. Ich denke, daß dieses alte Weinhaus irgendwie noch ein poetischer Ort ist mit seinen heruntergekommenen Gästen, mit dem Kellner, dem man sagt, wenn er den leeren Teller abserviert, daß es sehr schmackhaft war, wie man es sich schon vorher in Gedanken zurechtgelegt hat, und dann bringt er einem noch Wein, und plötzlich merkt man, mit einer Spur von Rührseligkeit, daß man in dieser kleinen Welt des Dasitzens, Rauchens und Weintrinkens bedürfnislos ist.

Als ich aufstehe, um auf das Pissoir zu gehen, merke ich, daß ich schon etwas beschwipst bin. Ich muß über meine weinseligen und weltumarmenden Gedanken grinsen, während ich meinen Urinstrahl auf den einzigen, uralten Duftstein im Urinoir lenke. Dann schalte ich mein Handy wieder ein und kehre an meinen Platz zurück. Jetzt wird es langsam düster. Der Himmel hat eine Farbe angenommen, als gäbe es dahinter noch einen Glanz, eine Lichtquelle, die ihn überstrahlt. Ich fühle mich kitschig.

Glücklicherweise kommt kurz vor acht Lukas. Er registriert sofort, in welcher Stimmung ich bin. Wir beschließen, noch etwas zu trinken und uns dann, um zehn Uhr, einen George-A.-Romero-Film im Imperial-Kino anzusehen.

Im Kino, in der letzten Reihe sitzend, blasen wir dann den Rauch unserer Zigaretten in den Projektorstrahl und erfreuen uns an den Wirbeln und Strudeln, die er macht, und als wir uns nachher verabschieden, bin ich froh, daß es für diese Jahreszeit schon so warm ist.

Am Dienstag stehe ich erst um halb zwölf auf, obwohl ich schon gegen acht aufgewacht bin. Ich gehe dann zum McDonald's am Schwedenplatz, weil mir mein Bruder erzählt hat, daß der AlpenMäc ganz gut schmeckt, aber als ich am Bestellen bin, sehe ich, daß es keinen Alpen-Mäc mehr gibt, sondern nur ein Texas-Menü. Weil ich nicht mehr woanders hingehen will, nehme ich das TexasMenü und setze mich an einen freien Tisch im ersten Stock. Es ist wie immer, wenn ich bei McDonald's esse, mir wird, nachdem ich hungrig den halben Burger hinuntergeschlungen habe, übel, und ich lasse den Rest stehen und gehe, ohne das Tablett zur Ablage zu tragen, hinaus. Ich überlege, ob ich noch irgendwo einen Kaffee trinken soll, aber dann kehre ich stattdessen nach Hause zurück und sehe mir die ersten zwei Kurzdokumentationen von Werner Herzog an, die auf einem Video sind, das mir Anna einmal geborgt hat, das ich aber vergessen habe, ihr zurückzugeben. Der zweite Film heißt »La Soufrière« und handelt von einer Insel, auf der ein Vulkan ausbrechen soll. Herzog und zwei Kameramänner fahren auf die Insel. Die Stadt am Hang des Vulkans ist evakuiert worden, nur ein paar Tiere, Hunde, Ziegen und Schweine, sind auf den Straßen zu sehen. Über der Stadt liegt der Vulkan, in Rauchschwaden. Auf dem Weg zum Gipfel treffen die Deutschen auf ein paar Einwohner, die sich geweigert haben, die Insel zu verlassen. Einer von ihnen liegt schlafend unter einem Baum und blickt etwas verwundert in die Kamera, als er aufwacht. Der Film endet mit einer ähnlichen Szene, wie er begonnen hat: Man sieht den Vulkan, aus dem fetter, weißer Dampf strömt, dazu Musik von Popol Vuh, und die unsichere Stimme von Werner Herzog erzählt auf englisch, daß der Ausbruch des Vulkans letztlich doch nicht stattgefunden hat, trotz aller Vorzeichen und Warnungen der Wissenschafter. Nach drei Wochen sind die Bewohner der Insel in ihre Häuser zurückgekehrt.

Am Abend gehe ich zu einer Lesung, die in einem Lokal stattfindet. Ich trinke Ricard, und da sich der Beginn verzögert, nicht nur einen. Als sich der Autor langsam bereit macht, gehe ich schnell noch auf die Toilette. Kurz bevor ich die Schnalle der Klotüre berühre, habe ich Angst, mich an ihr zu elektrisieren. Ich elektrisiere mich natürlich nicht. Wieder am Tisch, steige ich auf Rotwein um. Die Lesung ist angenehm, das Publikum eher furchtbar. Typische Germanistikstudentinnen neben Adidas-Leibchen-Trägern. Erstere haben zum Großteil häßliche Billigoptikerbrillen auf, letztere solche mit Sechzigerjahrefassung, was natürlich ironisch gemeint sein soll. Obwohl ich schon leicht betrunken bin, ordere ich bei der

Kellnerin, die mir desinteressiert zugesehen hat, wie ich mangels eines Zahnstochers versucht habe, mit dem Finger ein Oreganostück von dem Focaccio, das ich aus Neugierde bestellt hatte, aus einer Zahnlücke zu bekommen, noch ein Glas Rotwein. Die vier Ricard, die ich vor dem Wein getrunken habe, schlagen gerade mit voller Wucht ein.

Dann muß ich wieder aufs Klo. Aber da immer noch gelesen wird, traue ich mich nicht aufzustehen. Als die Lesung zu Ende ist und alle geklatscht haben, komme ich auf dem Weg zur Toilette am Autor vorbei und frage ihn, woher die Verletzung an seiner Hand kommt. »Ich habe gegen einen Schrank geboxt«, antwortet er, »weil er nicht aufgehen wollte.« Ich sage ihm, daß er richtig gehandelt hat.

Nachdem ich wieder aus der Toilette herausgekommen bin, zahle ich und breche auf.

Die folgenden Wochen sitze ich in Bibliotheken und vor dem Computer herum und arbeite an meiner Diplomarbeit. Anfang Mai, fünf Tage vor meinem Geburtstag, schicke ich eine erste Rohfassung an meinen Betreuer, dann fahre ich nach Niederösterreich, ins Landhaus meiner Eltern.

Für meinen und Peters Geburtstag, der genau ein Jahr älter ist als ich, haben wir ungefähr zwanzig Freunde in den Garten eingeladen.

An diesem Tag liege ich gegen siebzehn Uhr in einem Gartensessel unter dem Apfelbaum und warte auf die Gäste. Ich habe Bier und Würste eingekauft, also alles, was man für ein konventionelles Trinkund Grillfest benötigt. Als erster ist Christian da. Sein Geburtstagsgeschenk an mich ist ein kleines Einmachglas voller Gras. So nach und nach treffen alle anderen ein. Wir trinken, rauchen und hören Musik. Alles ist so, wie ich es mir vorgestellt habe, den ganzen Abend und die Nacht hindurch. Nach vier Stunden Schlaf stehe ich am nächsten Tag um zehn Uhr auf. Der erste, der mir begegnet, ist ein Fremder, der mir gestern gar nicht aufgefallen ist. Er meint, daß er ein Freund von Peter ist und drückt mir einen Joint in die Hand. Eine Stunde später, als ich schon wieder ziemlich dicht bin, läutet mein Handy. Es ist der Betreuer meiner Diplomarbeit. Er meint, daß sie in dieser Form unannehmbar ist. Es soll schließlich kein Essay, sondern eine wissenschaftliche Arbeit sein. Weil mir die Situation plötzlich so absurd vorkommt, muß ich beinahe lachen. Ich sage ihm, daß ich sie überarbeiten und neu gliedern würde, und ich verspreche ihm, ihn nächste Woche anzurufen. Als ich Lukas von dem Gespräch erzähle, lacht er und öffnet mir als Trost ein neues Bier, und der Tag verläuft mit Trinken, Rauchen und In-der-Sonne-Liegen.

Am nächsten Morgen fahren die letzten Gäste. Nur Anna ist noch da. Ich lege mich auf die Couch und schlafe ein.

Als ich gegen halb sieben aufwache, habe ich das Gefühl, mich verkühlt zu haben. Ich überlege, ob ich eine Zigarette rauchen soll, aber ich glaube, sie würde mir nicht schmecken, also richte ich mir stattdessen einen Spritzer. Ich setze mich auf die Stufen, die zum Garten führen und schaue Anna an, die im Türrahmen des

Schuppens lehnt. Sie bemerkt mich, setzt sich neben mich und trinkt einen Schluck von meinem Spritzer. Sie hält mir das Glas wieder hin, und ich nehme es und stelle es zwischen meine Füße auf die Stufen. In der Nähe bellt ein Hund. Über den Himmel zieht sich der Kondensstreifen eines Flugzeugs. Ich räuspere mich, obwohl ich nicht müßte. Wir schweigen. Ich stehe auf und gehe durch den Garten. Am Ende, dort wo der Kirschbaum steht, auf den ich als Kind immer geklettert bin, sehe ich einen toten Vogel auf dem Rasen liegen. Es sitzen schon Fliegen auf ihm. Ich gehe zurück und hole mir aus dem Schuppen Handschuhe und eine Schaufel. Dann grabe ich ein Loch zwischen den Himbeersträuchern, lege den Kadaver hinein und schütte es wieder zu. Als ich zurückkomme, will Anna erfahren, was ich gemacht habe. Ich berichte es ihr und trinke mein Glas leer. Ich frage sie, wann sie fahren möchte, und sie sagt »jetzt dann«. Ich schließe alle Fenster des Hauses, Anna packt ihre Sachen, und wir setzen uns ins Auto. Als wir in Wien ankommen, fängt es an zu regnen.

Über Nacht lasse ich das Fenster offen, damit ich den Regen hören kann. Ich kann lange nicht einschlafen, aber am Morgen erwache ich trotzdem schon um acht Uhr, ohne müde zu sein. Ich mache ein paar Erledigungen, bringe einen Zahlschein zur Bank, besorge mir einen Kontoauszug, wundere mich über mein Minus und trinke irgendwo einen Kaffee. Wieder zu Hause überlege ich, wie ich meine Diplomarbeit in Ordnung bringen soll. Eigentlich müßte ich ja meinen Betreuer in den nächsten

Tagen darüber informieren, wie ich mit dem Umschreiben vorankomme. Aber ich habe keine Lust, wieder alles zu ändern. Ich nehme mir vor, morgen damit zu beginnen, also früh aufzustehen, zu schreiben, mich auch sonst irgendwie zu betätigen. Ich war zum Beispiel schon monatelang in keiner Ausstellung mehr. Es gäbe wahrscheinlich genug Interessantes anzusehen, aber mir fehlt, wie gesagt, die Lust dazu.

Mir fällt auch niemand ein, den ich anrufen könnte, was in Wirklichkeit daran liegt, daß ich niemanden anrufen will. Ich habe auch irgendwie genug von blöden Parties, den ewiggleichen, den unvermeidlichen Drogen, den langweiligen Videoabenden. Es ist jetzt Mitte Mai, denke ich, und etwas Arbeit täte mir gut. Da ich einmal bei einer Lesung eine Frau von einem Verlag kennengelernt habe und sie mir angeboten hat, wann immer ich will, dort einen Monat zu arbeiten, entschließe ich mich, sie anzurufen. Sie erinnert sich sogar noch an mich und meint, daß im Juli noch ein Platz frei ist und daß ich problemlos dann anfangen kann. Ich sage, daß es mich sehr freuen würde, und sie merkt mich vor. Jetzt habe ich wenigstens so etwas wie eine Perspektive, denke ich, als ich aufgelegt habe, und das ist zuweilen schon recht angenehm. Dann überlege ich, wohin ich fahren könnte, um eine Zeitlang, zumindest ein paar Tage, aus Wien hinauszukommen. Von Zeit zu Zeit habe ich ein geradezu panisches Verlangen, dieser Stadt den Rücken zu kehren, auch wenn ich gerade erst am Land war. Oft ist es heilsam, denke ich, wenn einen ein Ort deprimiert, an einen vermeintlich noch deprimierenderen Ort zu reisen. Aber was ist deprimierender als Wien? Ich rufe Lukas an. Er klingt, als hätte ich ihn gerade aufgeweckt, aber er sitzt in einem Park in Floridsdorf und zählt Leute. Ein Gelegenheitsjob. Ich frage ihn, welcher Ort deprimierender als Wien ist. Er meint: »Steyr.« – »Steyr? Wieso?« erwidere ich, »ich finde Steyr zwar düster, aber nicht deprimierend.« »Dann eben Mauthausen«, sagt Lukas. Ich bedanke mich, sage »ciao« und lege auf. Dann eben Mauthausen.

Gegen elf Uhr fahre ich los. Auf der Autobahn ist wenig Verkehr, und ich brauche nur etwas mehr als eine Stunde bis zur richtigen Ausfahrt. Ab und zu gerate ich in einen kurzen Regenschauer, und am Himmel stehen Wolken, die wie Atlantikwolken aussehen, dann scheint aber wieder die Sonne so stark, daß ich das Autofenster herunterlasse. Auf der Bundesstraße nach Mauthausen ist die Landschaft plötzlich sehr dörflich und wie aus den fünfziger Jahren. In den Ortschaften, durch die ich fahre, stehen alte Frauen am Straßenrand und mähen das Gras noch mit Sensen, und irgendwo kommt mir ein Linienbus entgegen, wie man ihn nur noch aus alten Filmen kennt. Kurz vor Mauthausen ist mit dem Lied »I turned to see whose voice it was« von Gomorrha auch die Kassette im Autoradio zu Ende, und ich fahre den letzten Kilometer ohne Musik.

Wo Mauthausen beginnt, steht ein Einkaufszentrum, und einige Schilder machen auf den McDonald's Mauthausen aufmerksam. Von dieser Perversität fasziniert, bleibe ich auf dem Parkplatz dort stehen und steige aus. Der McDonald's ist nicht groß, aber dafür sind alle Tische besetzt, hauptsächlich von Jugendlichen. Ich wähle ein gemischtes TS-McPäck-Menü und ein kleines Bier, was mich zehn Schilling mehr kostet, zahle und setze mich zum Essen ins Auto. Während ich die zwei Burger hinunterschlinge, beginnt es zu regnen, und ich überlege, worin wohl die Notwendigkeit bestand, in so einem kleinen Ort wie Mauthausen einen McDonald's zu bauen. Aber dann begreife ich es. Da täglich Dutzende Schulklassen aus ganz Österreich nach Mauthausen gebracht werden, ist es nur einleuchtend, daß mit so einem Lokal hier ein Geschäft zu machen ist. Ich kann mir die Halbwüchsigen vorstellen, die nach dem Besuch des Konzentrationslagers ihren Lehrer fragen: »Aber jetzt gehen wir schon zum McDonald's, oder?«, und ich muß über diesen Einfall lachen.

Ich selber bin ja einer der Wenigen, die als Schüler Mauthausen nicht besichtigten. Das hatte folgenden Grund: Dem verpflichtenden Besuch des Konzentrationslagers in der siebten Klasse ging zu Pfingsten eine sogenannte Romwoche voraus. Das hieß: unsere und die Parallelklasse fuhren mit dem Zug nach Rom, um dem Ruf eines humanistischen Gymnasiums gerecht zu werden. Das war auch ganz lustig. Untertags machten wir unter Aufsicht der Lehrer Besichtigungen, und abends schlichen wir uns aus der Pension, in der wir untergebracht waren, und gingen aus. Am letzten Tag hatten wir einen freien Nachmittag, was bedeutete, daß jeder tun konnte, worauf er Lust hatte. Also kauften wir, drei Freunde und ich, uns ein paar Flaschen Wein und betranken uns auf dem Platz der Republik. Es war äußerst amüsant, endete aber etwas unangenehm. Zwei Carabinieri hielten uns auf dem Heimweg auf, nahmen uns unsere Pässe ab, und einer der beiden fuhr damit zu unserer Pension. Daß wir nicht aus der Schule flogen, verdankten wir einem schon etwas bärtigen Mitschüler, der sich überzeugend als unser Lehrer ausgab und uns auslöste. Das mußte natürlich gefeiert werden.

Wir schafften es dann gerade noch, rechtzeitig zum Treffpunkt am Bahnhof zu kommen. Im Zug nach Wien wurde mehr oder weniger versteckt weitergetrunken. Gegen drei Uhr nachts wurden meine drei Freunde und ich von einem unserer Lehrer in einem Abteil, in dem Mädchen einer anderen Schule mitfuhren, erwischt. Am übernächsten Tag, als wieder regulärer Unterricht war, zog man uns zur Rechenschaft. In einem peinigenden Gespräch mit dem Direktor in Anwesenheit unserer Eltern wurde eine Verwarnung ausgesprochen, wir bekamen eine sogenannte Hauptkatalogseintragung, und als Strafe untersagte man uns, an der Exkursion zum Konzentrationslager in Mauthausen teilzunehmen. Das amüsierte uns schon damals. Als hätten wir uns darum gerissen, diesen furchtbaren Ort zu besuchen.

Während unsere Klassenkameraden also das obligatorische Mauthausen-Programm absolvierten, saßen wir im Klassenzimmer und mußten lernen. Ich erinnere mich, daß ich das aber sogar genossen habe, denn es war am Nachmittag schön ruhig in der Schule, und da wir keine dauernde Aufsicht hatten, war es wie eine lange Freistunde. Das ist also die Geschichte, warum ich nie in Mauthausen war.

Als ich fertiggegessen habe, rufe ich Stefan an, einen Freund von mir, der aus Mauthausen stammt, aber seit ein paar Jahren in Linz lebt. Es stellt sich heraus, daß er zufälligerweise auch gerade hier ist, weil er seine Mutter besucht hat. Zehn Minuten später schütteln wir einander grinsend die Hände. Er empfiehlt mir zum Übernachten die preisgünstigen Zimmer des Chinarestaurants »Hong Kong City«, von wo man auf die Donau sehen kann. Wir trinken dort gleich ein Bier und unterhalten uns. Er erzählt mir, daß der McDonald's nicht nur wegen der Schulklassen, die das Lager besichtigen, gebaut wurde, sondern auch für die Leute, die vor dem Besuch der Riesendisco »Megadance«, zwei Kilometer weiter, noch etwas zu sich nehmen wollen, um mehr trinken zu können. »Die Menschen kommen von überall hierher, um ihr Menü und nachher noch zwei Cheeseburger zu essen, damit sie mehr trinken können«, sagt er. Ich merke mir den Namen der Disco, um mir das vielleicht morgen abend anzusehen. Weil Stefan bald wieder fahren muß, verabreden wir uns für Mittwoch abend in Linz.

Nachdem er sich verabschiedet hat, bezahle ich an der provisorischen Rezeption für zwei Tage im voraus und trage meinen kleinen Koffer auf das Zimmer. Als die Sonne hervorgekommen ist, beschließe ich, mir ein wenig die Gegend anzuschauen. Mauthausen ist eigentlich ein ganz lieblicher Ort, leider nur als Besichtigungsstätte auf einem Radwanderweg von Massen von deutschen Rentnerehepaaren überlaufen, die einem in karnevalsartiger Kostümierung auf Schritt und Tritt entgegenschnaufen. Dementsprechend gibt es auf den meisten

Wirtshäusern ein Schild zu sehen, auf dem »Fahrradfreundliche Gaststätte« steht.

Ich steige zuerst zur Kirche hinauf und besichtige den Karner mit romanischen Fresken. Auf einer Hinweistafel ist zu lesen: »Untergeschoß mit Knochen gefüllt«. Ich gehe um das kleine Gebäude herum und entdecke ein schachtartiges Fenster unten an der Hinterseite. Als ich hineinblicke, sehe ich nur Schutt und ein paar leere Bierdosen, aber als sich meine Augen an die Dunkelheit gewöhnt haben, bemerke ich, daß der Schutt in Wirklichkeit aus Knochen besteht. Ich stapfe weiter, einen schmalen Weg am Pfarrhaus vorbei, wo es nach Hollerblüten duftet. Auf dem Asphalt kriechen Schnecken, und ich muß aufpassen, daß ich nicht auf eine trete. Vom Wolkenbruch vorher dampfen noch die Dächer in der Sonne, und man hört Grillen zirpen. Es sind kaum Leute auf der Straße zu sehen. Ich komme auf den Hauptplatz und kaufe mir im Supermarkt etwas zu trinken, Tuc-Kekse und Haarshampoo, weil mir eingefallen ist, daß ich meines in Wien vergessen habe. Da es wieder zu regnen beginnt, gehe ich zurück in den zu einem Chinarestaurant umdekorierten Gasthof, in dem ich mich einquartiert habe, und nehme eine Dusche. Dann lese ich ein bißchen in einem Buch von Georges Bataille, das ich mir mitgenommen habe, rauche und trinke Rotwein dazu.

Um sechs Uhr setze ich mich in das Restaurant »Family Pizza« und bestelle ein Bier. Außer mir sind nur drei alte Alkoholiker da, die mit dem Kellner abwechselnd ein Achtel Wein und ein Glas Raki in sich schütten. Ich trinke das Bier schnell aus und ordere gleich noch eines, und dazu eine Pizza »Family«, die mich aufgrund ihrer vermutlich farbenfrohen Belagszusammensetzung interessiert. Fünf Minuten später steht sie auf meinem Tisch. Ich habe Hunger, aber nach der Hälfte kann ich schon nicht mehr. Ich lasse mir den Rest in Alufolie einpacken. Dann nippe ich an meinem Bier, auf das ich auch keine große Lust mehr habe. Ich wünschte, es gäbe hier ein Kino. Wahrscheinlich würde ich mir jetzt sogar irgendeinen Hollywood-Müll ansehen, aber das nächste Kino ist vermutlich erst in Linz. So bin ich vor die Aufgabe gestellt, ohne Kino einen Abend allein in Mauthausen zu verbringen. Stefan hat mir erzählt, daß es am Hauptplatz ein zweifelhaftes Lokal gibt. Ich habe es schon beim Herumspazieren gesehen. Es heißt »Party House«. Wie ich mich kenne, werde ich dort heute noch hineinschauen. Ich zünde mir eine Zigarette an und spiele mit dem Feuerzeug, das ich mir hier in der Trafik gekauft habe. Es ist so eine Art Umspringbild darauf, das auf der einen Seite eine Blondine in einem Holzschaffel zeigt, die, wenn man das Feuerzeug schräg hält, das Handtuch, das sie sich verschämt vor den Körper hält, fallen läßt und ihren Busen offenbart, und auf der anderen Seite ist dieselbe Schönheit zu sehen, die beim Kippen des Bildes ihr Höschen keusch über den Popo zieht. Wahrscheinlich ist dieses Feuerzeug einer der drei Gegenstände, die ich auf die einsame Insel mitnehmen würde.

Ich bezahle und gehe zurück auf mein Zimmer. Dann wird mir dort aber langweilig, und ich setze mich ins Auto und fahre ein bißchen in der Gegend herum. Als ich in der Dämmerung wieder in Mauthausen bin, hat sich mein Entschluß gefestigt, ins »Party House« zu schauen. Laut Stefan ja eine Go-go-Bar. Es sieht von außen eher aus wie ein Bordell, finde ich, als ich davor stehe. Ich trete ein. Es ist ein Bordell. Da es soeben erst aufgesperrt zu haben scheint, ist es noch leer, nur eine Frau hockt an der Bar, hinter der ein Mann steht und Gläser aus einem Karton in eine Stellage schlichtet. Ich setze mich an einen Tisch in der Ecke. Der Barmann kommt, und ich bestelle ein Bier. Es sieht hier aus wie in allen Landbordellen: Ein paar separierte Tische, auf denen Gläser mit Trinkhalmen stehen, UV-Beleuchtung, Hitparadenmusik, und es riecht nach einer unguten Mischung aus billigem Parfum und staubigem Teppichboden. In der Mitte so etwas wie eine Tanzfläche mit einem schiefen Geländer an den Seiten und einer Discokugel darüber. Es ist deprimierend. Ich trinke einen Schluck.

Eine halbe Minute später kommt die Frau zu mir und will wissen, ob sie sich zu mir setzen darf. Ich sage »ja«, und weil ich ahne, daß sie mich das gleich fragen wird, komme ich ihr zuvor und lade sie auf einen Piccolosekt ein. Sie bedankt sich, und ich zünde mir eine Zigarette an, weil ich nicht weiß, was ich reden soll. Aber es spricht ohnehin sie. Zuerst stellt sie mir die typische Prostituiertenfrage nach meinem Sternzeichen, und als sie ausgetrunken hat, fragt sie mich, ob wir uns nicht auf einem Zimmer vergnügen wollen. Ich tue so, als müßte ich überlegen und sage ihr, daß ich jetzt noch etwas essen gehen will und daß ich später vielleicht wiederkomme. Sie ist freundlich und sagt »okay«. Ich begleiche die Rechnung und gehe hinaus. Draußen beschließe ich, nie wieder ein Landbordell zu betreten. Es zahlt sich nicht aus.

Wieder im Zimmer trinke ich an der Rotweinflasche weiter, lege mich aufs Bett, dessen Decke mit hellblauen Ginkoblättern verziert ist, und beginne daran zu zweifeln, daß es eine gute Idee war, hierher zu fahren. Aber dann fühle ich mich eigentlich gar nicht so schlecht. Das liegt wohl hauptsächlich daran, daß ich mich in Hotelund Pensionszimmern selten unwohl fühle. Das Schöne an diesen Zimmern, die man für ein paar Tage mietet, ist, daß man sich nicht auf sie einzulassen braucht, und deswegen gestatten sie einem, zwischen Kleiderkasten und Waschbecken, die größtmögliche Freiheit. Ich habe Hotelzimmer schon als Kind geliebt und tue das heute noch. Und ob Luxuspalast oder Stundenhotel ist nicht wichtig.

Ich schwanke zwischen dem Verlangen, noch einmal durch den Ort zu gehen, und dem Wunsch, mich ins Bett zu legen. Gegen das erste spricht der Regen, der jetzt wieder leicht begonnen hat, und gegen das zweite der Umstand, daß ich noch nicht müde bin. Plötzlich höre ich ein hektisches Flattern aus einer Ecke des Zimmers. Ich erschrecke kurz, aber dann sage ich mir, daß das ein Schmetterling sein muß. Ich schaue unter den Radiator, und tatsächlich hat sich dort ein Nachtfalter im Zellophan einer Zigarettenpackung verfangen. Ich befreie ihn vorsichtig und lasse ihn zum Fenster hinaus. »Ich bin schon ein guter Mensch«, sage ich zu mir, laut genug, damit es auch ironisch wirkt. Nach ein paar Minuten aber fällt mir ein, daß es für den Falter vielleicht draußen viel zu kalt sein könnte und er jetzt möglicherweise eingeht, weil ich ihn ins Freie gelassen habe.

Ungefähr eine halbe Stunde lang spiele ich dann »Tetris« auf meinem Handy, und als ich auch nach dem vierten Anlauf keinen neuen Highscore schaffe, höre ich damit auf, ziehe mir meine Schuhe an, die vom Regen immer noch etwas naß sind, und gehe hinaus, aber nur, um nach zehn Minuten zurückzukehren und mich im Bett zur Wand zu drehen und einzuschlafen.

Nach einem sehr anstrengenden Traum, in dem es irgendwie um ein Sodomie-Video ging, das mir jemand vorspielte, wache ich um zehn Uhr auf, schlüpfe in meine Kleider und gehe in die Gaststube hinunter. Berieselt von chinesischem Muzak, trinke ich meinen Kaffee und versuche, etwas zu essen, aber ich habe keinen Appetit. Wieder im Zimmer, vermeide ich es, mich der Frage zu stellen, ob ich mein Handy beim Betreten des Konzentrationslagers ausschalten oder anlassen soll, indem ich es erst gar nicht mitnehme.

Schon auf der Straße zur Gedenkstätte, wie es auf den Wegweisern heißt, überhole ich andauernd radfahrende Senioren. Oben, beim Eingang, sind noch mehr Fahrräder abgestellt. Ich trete ein.

Als ich nach zweieinhalb Stunden wieder im Auto sitze, nachdem ich einen Zettel hinter dem Scheibenwischer entfernt habe, der Werbung für ein Gasthaus in der Nähe mit gutbürgerlicher Küche macht, fühle ich mich ausgelaugt. Mir ist übel, weil ich Hunger habe, aber beim Gedanken an Essen wird mir noch übler. Ich fahre viel zu schnell in den Ort hinunter, bleibe noch eine Zeitlang im Auto sitzen, unfähig, mich zu rühren, und gehe dann ins »Hong Kong City«. Ich bestelle mir ein Bier und Reis, weil ich ja doch irgend etwas essen muß, und nehme mir eine Zeitung, um mich abzulenken. Erst später, im Zimmer, auf dem Bett liegend, kann ich darüber nachdenken, was ich gesehen habe. Während ich auf dem Gelände des Lagers herumging, geriet ich mehr und mehr in einen Zustand völliger Hilflosigkeit und Apathie. Ab einem gewissen Zeitpunkt hörte ich dort auf zu denken, bis ich mich auf dem Parkplatz wiederfand, wo ich inmitten einer lauten Schulklasse, die ihre Jausenpakete verzehrte, saß und eine Zigarette rauchte. Zwei Geschichten kamen mir in den Sinn, die ich einmal im Zusammenhang mit dem Konzentrationslager Mauthausen gehört habe: In der ersten steht ein alter Mann vor der Gedenktafel mit den Zahlen der dort ermordeten Menschen. Er sagt: »Was, eh nur 32.000 Russen?« Und ein circa dreißigjähriger Mann, der neben ihm steht, nickt zustimmend. Die zweite Geschichte: Ein Lehrer vermißt beim Verlassen des Lagers zwei Schüler. Als sie dann doch endlich auftauchen, meint er: »Jetzt haben wir schon geglaubt, daß sie euch vergast haben.« Diese zwei Geschichten werde ich nie vergessen können. Was war sonst? Das Stolpern auf der Todesstiege wegen meiner üblen Kondition. Die Bananenschale, die dort lag. Die Touristen in ihren grellen Fahrraddressen, die sagen, daß es so etwas immer geben wird. Die Leute, die filmen oder Fotos schießen. Mein Gedanke, beim Anblick einer Gruppe von scherzenden australischen Jugendlichen, an einen Rave im ehemaligen Konzentrationslager. Die blankgescheuerten Bodenbohlen in den Baracken. Das Mädchen, das vor so einer Baracke sitzt und von einem Lehrer Wasser bekommt, weil ihm schlecht geworden ist. Die eingeritzten und wieder durchgestrichenen Hakenkreuze und SS-Symbole an den Wänden im Krematorium, die mir wie eine Persiflage vorkommen. Die Gaskammer, deren eine Tür ich schließe, als niemand vorbeikommt, um durch das furchtbare Guckloch zu blicken. Der Sezierraum, wo den Toten die Goldzähne herausgebrochen wurden, in dem ich fast lachen muß, weil ich mir solch ein kaltes Kalkül nicht vorstellen kann. Die Gruppe von alten gutgelaunten Männern und Frauen in Lederhosen und Trachtenanzügen, wobei ich dem Drang, ihnen nachzugehen und sie zu belauschen, widerstehe. Der Kuckuck unten im Steinbruch. Die unfaßbar geschmacklosen christlichen Gemälde in der Gedenkkapelle. Das sogenannte Lese-Café, das ich trotz Durst nicht betrete. Die Distel, die vor einem vergitterten Kellerfenster wächst. Das Hinweisschild unter dem Galgen, auf dem jemand mit Kugelschreiber »exécuté« mit »assassiné« überschrieben hat. Und ich, der ich am Schluß, mit dem Blick am Boden, nur noch weg von dort will.

Ich mache die Four-Roses-Flasche auf, die ich eigentlich Stefan mitbringen wollte, und trinke ein bißchen davon. Gegen drei Uhr bin ich schon einigermaßen betrunken. Ich verfluche meinen Alkoholkonsum in den letzten Tagen, verlasse das Zimmer und wandere wieder zur Kirche hinauf. Auf einer Bank hinter dem Karner leere ich das kleine, warme Dosenbier, das ich mir gekauft habe.

Dann gehe ich wieder ins Zimmer zurück, lege mich aufs Bett. Irgendwann schlafe ich ein.

Um viertel nach neun wache ich auf. Weil mich plötzlich alles zu bedrängen scheint, gehe ich auf ein Bier in das Pub »Danubia«, aber es braucht eine Weile, bis ich halbwegs wach bin und mich besser fühle. Das Bier ist zu kalt und zu kohlensäurehältig, als daß man es schnell trinken könnte. Erst langsam erinnere ich mich, daß ich im Rausch am Nachmittag einkaufen war. Wenn ich mich nicht täusche, habe ich heute im Supermarkt in Mauthausen neben einem Messerset auch eine Hochzeitskerze, ein Barbie-Malbuch, eine »Action-Man«Figur und eine Kermit-Seife erstanden. Ich kann mir das nur als eine direkte Folge des Schocks nach dem Besuch des Konzentrationslagers erklären. Und als dann »Du trägst keine Liebe in dir« von Echt aus den Lautsprechern des Pubs dröhnt, bin ich kurz davor, einen hysterischen Lachoder Weinkrampf zu bekommen. Und ich denke mir, daß der einzige Grund, warum ich heute, nach dem Besuch im Lager, nicht zu heulen begonnen habe, war, weil ich mir denken mußte, daß ich einmal davon mit einer Spur von Stolz erzählen würde. So widerlich kann ich sein.

Am Mittwoch verlasse ich nach dem Kaffee am Morgen Mauthausen und fahre zu einer Schlucht in der Nähe, um dort, wo schon Strindberg laut schreiend und monologisierend umherwanderte, ein bißchen spazieren zu gehen. Ich steige bis zur Burg hoch, die es da gibt, verzichte auf eine Führung mit einer deutschen Seniorengruppe und bestelle mir stattdessen in der Burgbrauerei ein Bier, das allerdings einen sehr gewöhnungsbedürftigen Nachgeschmack hat. Die Sonne scheint so heiß, daß ich fühle, wie mir der Schweiß die Achseln hinunterrinnt. Ich bleibe noch eine Weile sitzen, dann schütte ich das kaum angerührte Bier unter den Tisch, zahle und gehe zurück zum Auto.

Da ich schon um drei in Linz bin, Stefan aber erst am Abend treffen werde, habe ich noch ein paar Stunden mit mir allein zu tun. Ich komme bei einem Lokal vorbei, das mir gefällt und beschließe, hier auf ihn zu warten. Ich wähle, nachdem ich Stefan telefonisch informiert habe, wo ich sitze, einen Tisch im Freien und bestelle mir ein SodaZitron. Vor mir fließt von rechts nach links die Donau, und wenn Fußgänger auf dem Uferweg in dieselbe Richtung gehen, sieht es aus, als würde sie der Fluß anschieben.

Stefan kommt um acht in das Lokal. Wir trinken ein paar Flaschen Bier, danach steigen wir auf den Schloßberg, wo wir ein bißchen was rauchen. Dann sitzen wir in seiner Wohnung, hören Musik und schlafen schließlich, nachdem jeder ein Frisium geschluckt hat, ein.

Die Rückfahrt nach Wien am nächsten Tag ist anstrengend. Ich bin gegen drei Uhr zu Hause, suche mir aus dem Kinoprogramm einen Film aus, der mich vielleicht entspannen könnte, und sitze dann mit zwei anderen Zuschauern im gut klimatisierten Metro-Kino und genieße die seichte Unterhaltung. Der Ausflug nach Mauthausen hat mir gutgetan.

Am Nachmittag des nächsten Tages liege ich auf der Couch, lese Henri Michaux und schlafe dann aber ein, weil ich zu Mittag zuviel gegessen habe. Als ich um halb sechs wieder aufwache, fühle ich mich benommen. Weil mir heiß ist und ich schwitze, gehe ich außer Haus.

Auf der Straße weht ein kühler Wind. Einem Bettler, der mir entgegenkommt, sehe ich absichtlich nicht in die Augen, um nicht von ihm angesprochen zu werden. Durch das Lokal, in das ich mich gesetzt habe, zieht kühle Luft, aber ich fühle mich immer noch verschwitzt und taumelig.

Dann fällt mir plötzlich ein, daß ich ja heute abend noch auf eine Party gehen müßte. Eine Freundin von Anna feiert Geburtstag. Ich habe überhaupt keine Lust. So rufe ich Anna an und sage ihr, daß ich nicht auf die Party mitgehen will. Sie überredet mich schließlich, wenigstens zusammen essen zu gehen. Ich sage zu.

Gegen sechs Uhr am nächsten Abend kommt Lukas zu mir. Wir trinken etwas spanischen Deva-Absinth, dann gehen wir los, um in einem Lokal Christian zu treffen. Als wir auf die Straße treten, fühle ich mich herrlich illuminiert. Mein Kopf ist leer, und keine überflüssigen Gedanken beschweren mich, während wir schweigend durch die Gassen spazieren. Vor den Lokalen, an denen wir vorüberkommen, sitzen die ersten Gäste des Abends. Der Himmel ist wolkenlos. Schwalben, immer zwei und zwei, fliegen zwischen den Dächern.

Eine Frau mit einem Kind an der Hand kommt uns entgegen. Während ich sie ansehe, habe ich das Gefühl, als könnte ich in diesem Moment diese Frau in ihrer Schönheit begreifen. Ich schaue Lukas an, und ich weiß, weil er lächelt, daß er gerade dasselbe gedacht hat.

Der Abend ist dann zum Glück nicht spektakulär. Wir treffen Christian, sehen uns ein Fußballspiel an, gehen etwas essen und fahren zu Lukas, um auf seiner Dachterrasse noch etwas Musik zu hören.

Als die ersten Vögel zu schreien beginnen, mache ich mich auf den Heimweg.

Diese Tage sind bedrückend. Ich warte darauf, daß es regnet. Am liebsten würde ich den ganzen Tag auf meiner Couch liegen und vor mich hindämmern. Ich habe kaum Hunger, und wenn ich eine Kleinigkeit esse, bin ich nachher müde und erschöpft. Ich kann nicht lesen, nicht fernsehen, ich habe keine Lust auf ein Kino oder jemanden zu treffen. Also bleibe ich bis fünf Uhr in der Wohnung und gehe dann, nachdem ich es nicht einmal geschafft habe, mich aufzuraffen und ein bißchen sauberzumachen, hinaus.

Ich wandere durch den ersten Bezirk bis in den Burggarten, und alles, jede Straße und jedes Haus, ist mir so vertraut, daß mir wirklich übel wird. Am liebsten würde ich die Augen beim Gehen schließen. Vorübergehende Blindheit. Das wäre jetzt schön. Im Café Sperl trinke ich ein kleines Bier, dann gehe ich zurück nach Hause. Ich esse zwei Semmeln, die fast schon ganz hart sind, und lege mich auf die Couch. Das Radio ist so leise gestellt, daß man die Lieder beinahe nicht hören kann. Irgendwann schlafe ich ein. Ich träume verwirrende Dinge, und als ich die Augen aufschlage und mich aufsetze und auf die Uhr am Heizungsregler schaue, ist es kurz vor neun. Beim Blick aus dem Fenster merke ich, daß es geregnet haben muß, während ich geschlafen habe. Ich gehe wieder auf die Straße.

Die Luft ist kühl, und es ist kaum jemand unterwegs, nur die Musik, die aus dem Lokal neben meiner Haustür kommt, zeugt von anderem Leben. Ich gehe denselben Weg, den ich vor ein paar Stunden gegangen bin, durch den Burggarten, dann überquere ich den Ring, auf dem nur wenige Autos fahren, und weiter die Burggasse hinauf, bis ich zu dem Espresso komme, wo ich früher, nach der Matura, fast jeden Abend saß. Das letzte Mal war ich vor über zwei Jahren dort.

Ich bin mir kurz unsicher, ob ich eintreten soll, aber dann tue ich es doch.

Nichts hat sich verändert, ist mein erster Gedanke, und das hat etwas sehr Beruhigendes. Ich setze mich an den Tisch neben die Jukebox, wo ich immer gesessen bin, und die Besitzerin erkennt mich sofort. Sie meint, es ist schön, daß ich mich wieder einmal blicken lasse, ohne zu fragen, warum ich damals von einem Tag auf den anderen nicht mehr erschienen bin. Ich bin froh darüber, bestelle einen Spritzer und werfe etwas Geld in die Jukebox. Es gibt viele neue CDs, die vor zwei Jahren noch nicht drinnen waren. Während ich blättere, erinnere ich mich an das erste Mal, als ich in diesem Espresso saß. Es war an einem Nachmittag. Ich trank einen Kaffee und drückte in der Jukebox, damals noch ein altes Modell mit 45er-Singles, »Tu t'en vas« von Alain Barrière und »Morgen«

von Ivo Robic. Es war wunderbar. Von diesem Tag an wurde ich so etwas wie ein Stammgast. Ich lernte mit der Zeit die Lebensgeschichten aller anderen ständigen Gäste des Lokals kennen, und oft war es dort für mich wie ein Refugium, wie eine Schlupfbucht, in der mich meine Gedanken in Ruhe ließen. Aber irgendwann hatte ich genug von dem Ganzen, genug von den Alkoholikern, den traurigen Existenzen, den ewigselben Liedern und Geschichten. Deshalb ging ich nicht mehr hin.

Ich drücke die zwei letzten Nummern, »1902« und »3501«, die ich beide noch auswendig weiß, und setze mich wieder. Außer der Besitzerin und mir sind nur ein Pärchen und eine alte Frau da. Alle sind schon mehr oder weniger betrunken. Die Alte erzählt von einem Begräbnis und beschwert sich über meine Musikauswahl. Das Pärchen probiert vor der Jukebox zu tanzen, läßt es dann aber bleiben, weil er dauernd fast hinfällt, und sie verschwinden schließlich in den Hinterraum, wo man Tischfußball spielen kann. Ich bestelle mir noch einmal dasselbe. Langsam beginnt es, mir wieder besser zu gehen. Es ist, als wäre ich, umfangen von der Musik, in einen Freiraum eingetreten, in einen Zustand, wo man minutenlang den Aschenbecher anschauen kann und sich freut, daß es ein Aschenbecher ist.

Als dann das letzte Lied, »Schöner fremder Mann« von Connie Francis, kommt, ein Lied, das ich einmal an einem Abend dreiunddreißigmal gedrückt habe, läutet mein Handy, und ich sehe auf der Anzeige, daß es Anna ist. Ich gehe vor die Tür, um besser telefonieren zu können. Die Alte, an der ich vorüberkomme, ist wieder versöhnt und gratuliert mir zu meinem Musikgeschmack.

Ich klappe mein Handy auf und sage »hallo?«, als wüßte ich nicht, wer mich da anruft. Anna klingt betrunken. Sie will wissen, wo ich bin und was ich mache und so weiter. Ich gebe ihr Auskunft, und sie fragt, ob es mich stören würde, wenn sie auch hierher kommt, und ich meine »nein«, obwohl das eine Lüge ist. Sie sagt »super« und »bis gleich« und legt auf.

Wieder im Lokal, ärgere ich mich, daß ich nicht ehrlich war. Ich bestelle mir einen weiteren Spritzer, wähle noch einmal sieben Lieder, setze mich hin und zünde mir eine an, aber ich fühle mich nicht mehr wohl. Ich kann nicht einmal mehr die Zeit genießen, in der ich allein bin, denke ich.

Plötzlich ist Aufregung im Lokal. Ich bekomme mit, daß die Alte der Besitzerin zuflüstert, daß sich das Pärchen im Damenklo eingesperrt hat. Die Alte klopft an die Tür und ruft, daß sie aufmachen sollen. Dazu spielt die Jukebox »Nothing else matters« von Metallica. Der Mann kommt aus dem Damenklo und meint, daß seiner Frau schlecht ist. Nach fünf Minuten erscheint auch sie, und er zahlt schnell, und sie verlassen beide das Lokal.

Nach zwei weiteren Spritzern kommt Anna. Sie hat auf dem Weg zufällig eine Freundin getroffen und gleich mitgenommen. Mit meiner Vermutung, daß Anna betrunken ist, habe ich recht. Nachdem sie sich einen Wodka-Martini bestellt hat, bleibt sie an der Bar hängen und unterhält sich mit der Alten, und ich sitze allein mit ihrer Freundin da, die krampfhaft versucht, ein Gespräch mit mir zu beginnen. Schließlich aber fängt sie an zu reden und hört gar nicht mehr auf, und ich muß erfahren, daß sie sich jetzt von ihrem Freund, mit dem sie fünf Jahre zusammen war, getrennt hat und daß sie in eine neue Wohnung gezogen ist, die sie neu einrichtet, und daß es trotz allem doch was Tolles hat, daß sie zu ihrem Freund immer noch ein Super-Verhältnis hat, daß sie ihn also jederzeit anrufen kann, und das ist schon sehr wichtig, und bei ihrem zweiten Viertel Rotwein taut sie vollends auf und sagt zu mir, daß das schon irgendwie nett ist, wie wir beide so miteinander reden, obwohl nur sie es ist, die redet, und dann meint sie, daß es doch einmal den Versuch wert wäre, so ein Gespräch auf Tonband aufzunehmen, weil da könnten doch dann auch andere Leute davon profitieren und so weiter. Ich nippe an meinem Spritzer und sage in richtigen Abständen »ja, ja« oder: »Das sehe ich auch so.« Dann erkundigt sie sich bei mir, ob es wahr ist, daß ich an einem Buch schreibe. Sie weiß das von Anna. Ich sage »ja«, und sie fragt mich, ob es möglich wäre, daß sie auch in dem Buch vorkommen kann. Weil mir das echt zuviel ist, sage ich nur: »Klar, das ist kein Problem« und entschuldige mich kurz, um auf die Toilette zu gehen. Sie schreit mir noch nach, ob sie mir ihre Telefonnummer geben kann. Ich gebe keine Antwort und beschließe nur, so schnell wie möglich von hier zu verschwinden. Ich sage das zu Anna, die noch immer an der Bar steht, und sie schlägt vor, zu mir zu gehen. Da mir das auch schon egal ist, stimme ich zu, und wir brechen zu dritt auf.

Im Taxi sitze ich vorne und fange mit dem Fahrer ein halbherziges Gespräch über die Wichtigkeit von guter

Musik beim Autofahren an, um mich nicht mit den beiden Mädchen unterhalten zu müssen. In meiner Wohnung geht es weiter. Annas Freundin spricht die ganze Zeit davon, wie gut es ihr geht, seitdem sie Single ist, und daß man sich nie im Leben binden darf. Wahrscheinlich, denke ich mir, sagt sie sich das hundertmal am Tag vor, damit sie es auch selber glaubt. Irgendwie tut sie mir ja leid, aber ich bin trotzdem froh, als sie Anna vorschlägt, irgendwohin tanzen zu gehen. Anna meint aber, daß sie dazu keine Lust hat, also biete ich ihr an, hier zu tanzen. Ich zeige ihr meine Platten im Nebenzimmer. Als sie dann tatsächlich Abba und Carpenters auflegt und allein zu tanzen beginnt, bin ich erleichtert, daß »I will survive« und »I am what I am« auf irgendwelchen CD-Kompilationen ganz unten im Kasten versteckt sind. Die Stimmung ist grandios. Anna liegt halb schlafend auf meiner Couch, und im Nebenzimmer genießt ein Mädchen seine wiedererlangte Freiheit. Zum Glück läutet nach einer Viertelstunde mein Nachbar an der Tür, um sich über die Lautstärke der Musik zu beschweren, und ich habe einen guten Grund, die Party für beendet zu erklären. Anna läßt sich von ihrer Freundin überreden, doch noch irgendwohin zu gehen, und ich schütze Müdigkeit vor, um hierzubleiben.

Als beide endlich weg sind, setze ich mich vor den Fernseher. Es läuft »Rocky«. Ich bin gerettet.

Am Sonntag fahre ich ins Wilhelminenspital, wo meine Großmutter aufgenommen wurde, nachdem irgendeine Operation in einem anderen Krankenhaus verpfuscht worden war. Meine Eltern meinen, daß es nicht sicher ist, ob sie überhaupt jemals wieder aus dem Spital herauskommen wird.

Sie liegt in einem Pavillon im hinteren Teil des Areals. Es war früher die Lupus-Abteilung, separiert von den übrigen Stationen. Es ist ein baufälliger, aber schöner Pavillon, mit hohen und hellen Räumen. Ich finde gleich das richtige Zimmer, klopfe an und trete ein. Sie ist wach und scheint mich zuerst nicht zu erkennen, aber dann sage ich ihr, wer ich bin, und sie meint: »Ach, du bist es«, und lächelt. Ich setze mich neben ihr Bett auf einen Sessel und frage sie, wie es ihr geht. Sie sieht aus, als wäre sie schon tot, als wäre sie mumifiziert. Das Reden strengt sie an, und sie ist ein wenig verwirrt. Während sie mir erzählt, was sie heute zum Essen bekommen hat, blicke ich auf die Sachen, die auf ihrem Nachttisch liegen. Ich sehe eine Zahnbürste, eine Nagelschere, einen Becher mit aufgesetztem Trinkschnabel, so wie für Kleinkinder, eine Nivea-Dose und einen Kamm. Es deprimiert mich furchtbar. Ihre Haare sind zerzaust, und als sie mich fragt, wie ihre Frisur ist, sage ich: »Ein bißchen zerstört«, worauf sie sich mit dem Kamm unbeholfen durch die Haare fährt. An der Seite, wo ich sitze, hängt der Urinbeutel vom Bett herunter, und es riecht auch nach Urin, und ich stehe auf und schaue aus dem Fenster, als würde ich mich für die Aussicht interessieren. Ich weiß nicht, was ich mit ihr reden soll. Ich habe Mühe, besonders freundlich und lieb zu ihr zu sein, weil ich mir vorstelle, daß sie dann denkt, ich tue das nur, weil sie bald sterben wird. Ich frage sie, ob sie Wein oder eine Zeitung will, aber sie schüttelt nur den Kopf und sagt »nein, danke«.

Von den Erdbeeren, die ich ihr mitgebracht habe, ißt sie in der Zeit, in der ich bei ihr bin, drei Stück. Ich muß ihr sagen, daß sie die Beeren am Stengel halten soll, weil ich sehe, wie sie bei einer die Blätter mitißt. An der Wand gegenüber ihrem Bett steht ein Fernseher. Es läuft eine japanische Zeichentrickserie. Ihre Zimmergenossin putzt sich gerade im Bett die Zähne und probiert mit schaumverschmiertem Mund mich anzulächeln, als sie merkt, daß ich sie anblicke. Ich würde jetzt gerne eine Zigarette rauchen, aber das ist hier natürlich nicht erlaubt. Ich bin dann ziemlich froh, als eine Krankenschwester hereinkommt und ich gehen muß, weil meine Großmutter jetzt noch gewaschen wird. Also gebe ich ihr einen Kuß auf die Wange, und sie nimmt meine Hand, und ich habe Angst, daß sie mich jetzt ganz lange hält, aber sie läßt die Hand gleich wieder los und schaut mich an, und ich lächle, aber dann kann ich ihren Blick nicht mehr ertragen, sage »ciao« und verlasse das Zimmer.

Wieder zu Hause, hole ich mir die Absinthflasche aus der Küche, fülle ein Glas zu einem Viertel damit, lasse das eiskalte Wasser aus der Karaffe, die ich am Morgen in den Kühlschrank gestellt habe, über ein Zuckerstück in einem Sieb in das Glas rinnen und nehme den ersten Schluck. Ich habe noch ein Gramm Dope, eine drittelvolle Flasche Absinth, Wein und genügend Zigaretten. Im Radio läuft gute Musik. Das ist selten. Als ich gerade den ersten Joint anzünde, ruft Peter an.

Als es hell zu werden beginnt und ich immer noch, unwillig schlafenzugehen, aus dem Fenster blicke, sehe ich die

Schwalben, die am Himmel ihre Kurven fliegen. Ich stehe mit meinem Weinglas am Rande dieses stillen Nachkriegshofs mit den Autos, die da parken, und den Schwalben darüber, die herumschwirren, als wäre heute wirklich ein neuer Tag. Ich wecke Peter auf, der auf der Couch vor dem Fernseher schläft und bitte ihn, daß er sich das ansieht. Ich sage: »Wenn du wissen willst, was absolute Ruhe ist, mußt du aus diesem Fenster dort schauen«, aber ich merke, daß er nur schlafen will, und lasse ihn in Ruhe. Dann suche ich in der ganzen Wohnung nach Zigaretten. Ich öffne sogar meinen Kleiderschrank, um die Taschen von sämtlichen Sakkos abzuklopfen, ob ich nicht irgendwo einmal eine Zigarette vergessen habe. Nichts ist zu finden. Inzwischen ist es fünf Uhr und taghell. Ich habe kein Kleingeld, um zum Zigarettenautomaten zu gehen. Den letzten Schluck Wein trinke ich hastig, weil ich mich noch immer nüchtern fühle. Die Sonne ist aufgegangen, und erste Wolkenfetzen sind am Himmel zu sehen. Wenn ich mich jetzt hinlegen würde, wäre ich nach zehn Minuten eingeschlafen, aber das will ich nicht. Ich will wach bleiben. Langsam hört man die ersten Autos, und ich fühle mich ein bißchen sehr pathetisch. Ich freue mich schon darauf, heute irgendwann nach Mittag aufzuwachen und nicht zu wissen, was ich mit meinem Tag anfangen soll. In Wirklichkeit weiß ich es ja schon. Ich werde dasselbe tun wie immer. Ich werde aufstehen, den Nachmittag verdämmern, ein Buch lesen, Musik auflegen und am Abend durch die Stadt gehen, die lachenden Stimmen der Menschen hören und mir dabei vielleicht wünschen, daß ich unsichtbar bin. So ist das.

IV.
Sommer

Er will frei sein, darum optiert er für Folgenlosigkeit in seinen Erlebnissen; aber er will weiter genießen, und darum optiert er für den Fortgang des Experiments. Diese beiden Optionen müssen miteinander ausgeglichen werden – also Folgerichtigkeit in der Folgenlosigkeit oder Kontinuität in der Folge diskontinuierlicher Erlebnispunkte.

Peter Sloterdijk

When the party's over, you're on your own …

Eels

Als ich Anna treffe, frage ich sie, ob sie Lust hat, mit mir nach Amsterdam zu fliegen. »Ich habe noch genau so viel Geld auf dem Konto, daß sich der Flug und ein bequemes Hotel ausgehen«, sage ich.

Dienstag in der Früh fliegen wir.

Das Hotel, in dem ich vorbestellt habe, liegt etwas außerhalb des Zentrums und sieht steril und nobel aus. Das Zimmer ist in Ordnung, es gibt einen Fernseher, eine Minibar und eine Badewanne. Die Fenster kann man nur einen Spalt öffnen, wahrscheinlich damit niemand hinausspringt. Am Bildschirm des Fernsehers ist ein Willkommensgruß zu lesen, für Mr and Mrs ... Ich schalte ihn aus.

Wir haben nicht viel vor, und dementsprechend unterscheiden sich die Tage nur minimal voneinander. Einen Tag wird Gras geraucht, am anderen Dope und dann alles durcheinander. Das VanGogh-Museum schaffen wir erst beim dritten Anlauf. Das erste Mal, als wir davor stehen, wird es gerade zugesperrt. Beim zweiten Mal verläßt uns, als wir uns schon um die Karten anstellen, die Lust, und wir gehen wieder. Am Tag darauf gelingt es uns aber doch.

Das Museum ist ziemlich voll, und immer muß man, wenn man sich ein Bild anschauen will, jemandem über die Schulter blicken, oder jemand anderer blickt einem über die Schulter. Beides ist unangenehm.

Die Besucherschaft ist wie in den meisten Museen

grauenvoll. Touristen, die im betont langsamen Kirchenbetrachtungsschritt die Räume absolvieren. Am meisten begeistern mich zwei junge Männer. Der eine trägt Sonnenbrillen und einen bodenlangen, schwarzen Ledermantel. Er hat lange Haare. Der andere geht auf Krücken, ist kahlrasiert und hat ein T-Shirt an, auf dem der Schriftzug »Dago Choppers California Beach« ein großes SS-Runensymbol umrahmt. Ich sehe die beiden dann noch einmal im Museumsshop, wo sie sich einen Van-Gogh-Malkasten von einer Verkäuferin zeigen lassen. »Ist das jetzt Ironie?«, frage ich Anna, aber sie verdreht nur die Augen und zieht mich an der Hand dem Ausgang zu.

An einem anderen Tag findet die obligatorische Grachtenrundfahrt statt. Ich bestehe darauf, mit dem Schiff »Anne Frank« von der »Lovers-Line« zu fahren, aber es steht leider nur Besitzern einer Sightseeing-Museumscard zur Verfügung. Also nehmen wir irgendein Boot und setzen uns ins Freie, um etwas rauchen zu können. Eine deutsche Reiseführerin, die zu uns meint, daß Amsterdam »doch ein sehr romantisches Städtchen« ist, bitten wir, ein Foto von uns zu machen. Anna und ich lehnen uns aneinander, die nette Reiseführerin drückt gekonnt schnell ab, und wir bedanken uns. Als wir aussteigen, beschließen wir, doch endlich einen Film für die Kamera zu kaufen.

Wir fahren wieder ins Hotel, und während Anna ein Bad nimmt, schaue ich mir, bis das Insert »In one minute charging« am Bildschirm erscheint, am Pornosender des Hotelfernsehers den Streifen »Lustful Room Mates« an.

Auch ein Ausflug in den Badeort Zandvoort findet statt, wo wir auf einer Bank am Rand der Uferpromenade sitzen und uns fragen, was wir an diesem trostlosen Ort verloren haben. Als wir dann erfahren, daß die Pizzeria »Rimini«, die uns gereizt hätte, erst in einer Woche aufsperrt, setzen wir uns in den Zug zurück nach Amsterdam. Weil wir aber nicht mitbekommen, daß wir in Haarlem umsteigen müssen, fahren wir versehentlich noch einmal nach Zandvoort. Erleichterung, als wir wieder im Hotel sind.

Am letzten Tag, drei Stunden vor dem Abflug, liegt Anna auf dem Boden im Billardkeller eines CoffeeShops in Bahnhofnähe und meint, daß sie die Treppen zum Ausgang nicht mehr hochkommt.

Wir schaffen es aber doch, und den letzten Joint baue ich in einem Invalidenklo am Flughafen. Wir rauchen ihn, von leichter Paranoia heimgesucht, auf einer Fluchttreppe im toten Winkel einer Überwachungskamera. Schließlich werden wir schon aufgerufen, und als wir dann im Flugzeug sitzen, und uns eine Stewardess mit einer Zange die dampfenden Erfrischungstücher reicht, an denen man sich immer die Finger verbrennt, sind wir uns einig, daß wir nichts dagegen hätten, wenn die Maschine abstürzen würde.

Die letzte Woche im Juni. Ich liege auf meiner Couch und höre die neue CD von »Belle and Sebastian«. Sie gefällt mir, aber irgendwie klingt sie wie alles von »Belle and Sebastian«. Ich überlege, was ich heute essen soll. Ich habe nur noch 120 Schilling in meinem Portemonnaie, und ich traue mich nicht, zum Bankomaten zu gehen, weil ich fürchte, daß dann meine Karte eingezogen wird. Also muß ich mich kostengünstig ernähren.

Im Kühlschrank entdecke ich eine BouillabaisseDose, die schon fast abgelaufen ist. Ich schütte den Inhalt in einen Topf und stelle ihn auf den Herd. Kurz darauf steht die Suppe dampfend in einem Teller vor mir auf dem Küchentisch, und ich koste einen Löffel. Das schlechte Gewissen, das ich verspüre, als ich sie ins Klo schütte, vertreibe ich, indem ich meine Wohnung verlasse.

Am späteren Nachmittag nehme ich zwei Lexotanil und fahre wieder meine Großmutter besuchen. Sie liegt noch im selben Spitalzimmer, nur die alte Frau im Nebenbett ist eine andere. Weil meine Großmutter zu schlafen scheint, berühre ich sie leicht an der Hand, die blau ist von den Infusionseinstichen. Sie schlägt die Augen auf und blickt mich an, ohne etwas zu sagen. Ich lächle sie an und frage sie, wie es ihr geht, aber sie zuckt nur mit den Schultern. »Du schaust besser aus als das letzte Mal«, sage ich zu ihr, weil ich sie aufmuntern will. Es stimmt aber auch. Heute sieht sie nur aus wie eine Leiche, das letzte Mal, als ich sie besuchen war, ähnelte sie hingegen einer Mumie. Ich erkundige mich, ob sie meine Karte aus Amsterdam bekommen hat. Sie nickt und sagt mit krächzender Stimme »danke«. Ich weiß nicht, worüber ich mich mit ihr unterhalten soll. Uringeruch geht wieder von ihrem Bett aus, und ich bin froh, daß ich vor dem Wegfahren das Lexotanil geschluckt habe, weil mir so alles gleichgültig ist. Ich frage meine Großmutter, wann sie das letzte Mal in Amsterdam war. Sie erinnert sich noch, daß das vor fünfundzwanzig Jahren war, aber das Lächeln, das ich mir erhofft habe, wenn sie sich an ihre früheren Reisen erinnert, bleibt aus. Stattdessen sagt sie: »Du hast schon recht. Fahr weg und mach dir ein schönes Leben, solange du kannst.« Während sie spricht, stelle ich mir vor, wie es sein wird, ihre Wohnung aufzusperren, den eigentümlichen und vertrauten Geruch dort einzuatmen, und dann die Kleider und die Bücher und das Geschirr in Kartons zu verpacken, die Schränke und Schubladen auszuräumen, den Keller zu entrümpeln und so weiter. Sie sieht mich immer noch so an, als wüßte sie, was ich gerade denke, und vielleicht ahnt sie es ja auch, und ich sage ihr, daß ich sie jetzt wieder allein lassen werde, und sie nickt. Ich gebe ihr keinen Kuß auf die Wange, weil überall Schläuche sind, sondern lege nur kurz meine Hand auf ihre und verlasse dann das Zimmer.

Daß eine Hitzewelle im Kommen ist, erfahre ich aus dem Radio, während ich unter einem Badetuch inhaliere, um meinen Schnupfen loszuwerden. Der Moderator meint, daß heute der heißeste Tag seit Jahren ist. Dann singt George Harrison »My Sweet Lord«. Das Lied habe ich früher immer auf der Gitarre spielen wollen, aber auf irgendeinen Akkord bin ich nie draufgekommen.

Als ich dann aufstehe und den Topf mit dem Kamillentee ins Klo schütte, ist mir leicht schwindlig. Ich gehe ins Badezimmer und stecke mir das Fieberthermometer unter die Achsel. Nach einer halben Minute, in der ich unbeweglich wie eine Statue auf dem Rand der Badewanne sitze, piepst es, und ich kann ablesen, daß ich 37,5 Grad Fieber habe, was mich allerdings nicht sonderlich beunruhigt. Ich würde mich zwar lieber ins Bett legen, aber ich habe mir schon etwas mit Peter ausgemacht. Ich schlucke noch ein Aspirin und gurgle mit Tantum Verde und mache mich dann auf den Weg in das vereinbarte Lokal.

Eine Stunde, nachdem wir einander treffen hätten sollen, kommt Peter. Er schaut ziemlich bekifft aus und bestellt sich ein Bier. Dann fragt er mich unvermittelt, ob ich den Film »Sonatine« kenne und wie er mir gefällt. Ich sage »sehr gut«, und er nickt befriedigt und trinkt sein Bier auf einen Zug bis zur Hälfte aus, um mir dann zu erzählen, daß er sich vor kurzem endlich »Down by Law« angesehen hat und daß er immer geglaubt hat, daß er ihn kennt und deswegen nie ausgeborgt hat. Ich erkläre ihm zum ungefähr fünften Mal, daß wir uns den Film vor ein paar Jahren gemeinsam angeschaut haben und daß er damals, bereits bei der Anfangsszene überzeugt war, den Film bereits zu kennen. Er sagt »ja, echt?« Ich bereue es auf einmal, ihn getroffen zu haben. »Du bist ein total verkifftes Arschloch geworden«, möchte ich zu ihm sagen, aber ich tue es natürlich nicht. Dann beginnt er, mir von seinem gestrigen Abend zu berichten, und es ist das übliche, Video, Saufen, Kiffen, Party, und ich halte es einfach nicht mehr aus, ihm zuzuhören, deswegen sage ich »stopp«, und er blickt mich grinsend an und fragt »was stopp?«, und ich antworte »Erzählstopp«, und er meint »okay« und schweigt, und ich gehe aufs Klo. Als ich mir dann dort die Hände waschen will, funktioniert der Wasserhahn nicht. Es ist ein Modell, das nur durch einen Sensor Wasser gibt, wenn man die Hände darunter hält. Sonst komme ich mit so etwas immer gut zurecht, aber heute klappt es nicht. Ich klopfe dagegen und rüttle daran, ohne daß sich etwas tut. Und gerade jetzt würde ich mir gerne die Hände waschen, denn sie kleben, und ich fühle mich unwohl. Ich probiere es noch einmal, da schießt plötzlich ein Strahl aus dem Wasserhahn. Ich reinige mir dankbar die Hände und warte dann noch, daß er wie üblich wieder ausgeht, aber das Wasser fließt weiter in einer Geschwindigkeit, daß sich das kleine Becken beunruhigend schnell füllt. Ich trockne mir die Hände ab und gehe hinaus.

Komischerweise hat dieses kleine Erlebnis meine Laune verbessert. Ich schlage Peter vor, noch woandershin zu schauen. Er ist einverstanden, wir zahlen und gehen hinaus.

Wir landen in einem Lokal in der Nähe, wo Soul gespielt wird. Ich bin ganz froh, daß die Musik so laut ist, daß man nicht zu reden braucht. Die Lieder sind sehr entspannend, und ich fühle mich fast schon gesund. Ich blicke mich im Lokal um und suche den Plattenspieler, weil die Aufnahmen ja so schön knistern, aber als ich keinen finde, bin ich mir auf einmal unsicher, ob das wirklich eine Schallplatte ist oder nur eine CD, auf die Vinylgeknister dazugesampelt wurde. Ich frage Peter, was er meint, aber er scheint mich nicht zu verstehen, weil er als Antwort nur nickt.

Nach einer Stunde oder so ist mir plötzlich schwindlig, was ich auf das Fieber zurückführe, und ich verabschiede mich von Peter, den das nicht sehr verwundert, und gehe nach Hause. Auf dem Weg dorthin sehe ich in einer Gasse schon von weitem einen Clochard, der mir, laut in ein Handy redend, entgegenkommt. Als er stehenbleibt und mich um ein paar Schilling fragt, sehe ich, daß er ein Spielzeughandy an sein Ohr presst. Ich gebe ihm ein paar Münzen, er bedankt sich und geht laut telefonierend und gestikulierend weiter. Als ich in der Nähe einen Bankomat erblicke, probiere ich es doch wieder einmal und bin sowohl erleichtert als auch fasziniert, als er ohne Umstände Geldscheine ausgibt.

Zu Hause lege ich mich ins Bett. Ich schlafe bis zum nächsten Vormittag.

Die Stille in meiner Wohnung macht mich nervös. Ich gehe im Schlafrock nachsehen, ob Post gekommen ist, aber bis auf eine Parteibroschüre mit dem Titel »Leben über 50« ist der Briefkasten leer. Ich lege Musik auf. Nach einer Weile läutet das Telefon. Ich mache die Musik leiser, bevor ich den Hörer abnehme. Eine Frauenstimme wünscht mir einen guten Tag und fragt mich, ob ich an einer Marktforschung teilnehmen will. »Es dauert nur ganz kurz«, sagt sie. Dann werde ich zu den Themen Angeln und Fischen, Papierservietten, Direktverkauf und Einweggeschirr befragt. Bei zwei Drittel der Fragen muß ich mit »ich weiß nicht« antworten. Als die Befragung zuende ist, drehe ich die Musik wieder lauter. Fünf Minuten später läutet es an meiner Tür. Es ist der Mann, der über mir wohnt. Natürlich weiß ich, was er will. Er meint, daß ist nicht nur wegen jetzt, sondern daß das auch öfter in der Nacht vorkommt, und er bittet mich, die Musik etwas leiser zu stellen. Eigentlich sieht er ja nicht einmal unsympathisch aus, und ich verspreche ihm, mich in Zukunft daran zu halten.

Gegen acht Uhr abends sitze ich immer noch da und höre Musik. Peter ruft an, ob er mit Lukas und Christian vorbeikommen kann. Obwohl ich keine Lust habe, lade ich sie ein. Kurz darauf sitzen die drei bei mir. Peter und Christian haben schon am Nachmittag Ecstasy genommen und Schnaps getrunken. Sie drehen andauernd Joints und leeren sogar den abscheulichen Brandy, den mir mein Hausmeister einmal geschenkt hat. Christian stößt alle paar Minuten irgendwelche Gläser oder Flaschen um, und beide erzählen Geschichten, die ich bestimmt schon hundertmal gehört habe. Ich überlege, ob ich nicht vielleicht woandershin gehen und sie allein lassen soll, aber ich habe Angst, daß sie dann meine Wohnung abbrennen oder so. Auch Lukas scheint das alles etwas unangenehm und peinlich zu sein. Peter hat inzwischen Hunger bekommen. Er stopft sich abwechselnd Brot, Wurstscheiben und Käse, also alles, was ich gestern noch eingekauft habe, in den Mund. Christian verschüttet einen Krug mit Wasser und versucht, mit einem frischgewaschenen Leintuch von mir aufzuwischen. Dann, um zwölf, gehen sie. Peter zerschlägt vorher noch zwei Gläser, aber er bemerkt es nicht.

Ein paar Tage später bin ich zufällig in derselben Elf-Uhr-Kinovorstellung wie Peter. Nach dem Film sehe ich ihn im Foyer stehen, und ich klopfe ihm auf die Schulter, und es freut mich, daß er nicht erstaunt tut, mich zu sehen. Als ich ihn frage, was er denn jetzt vorhat und ob wir noch irgendwo ein Bier zusammen trinken, meint er, daß er auf eine Party eingeladen ist, wohin ich ihn bedenkenlos begleiten kann. Also gehen wir los. Während der zehn Minuten vom Kino zur Wohnung, wo laut Peter schon seit dem Nachmittag gefeiert wird, reden wir über den Film. Weil ich ein paarmal aufziehe, fragt mich Peter, ob ich Koks bei mir habe, aber ich sage, daß ich nur verschnupft bin. An seinem Grinsen erkenne ich, daß er mir nicht glaubt. Schließlich sind wir da. Die Tür wird uns von der Gastgeberin, die alle Sali nennen, geöffnet. Es ist ein Mädchen, das ich von früher kenne, aber sie macht nicht den Anschein, sich an mich zu erinnern. Es sind noch ein paar andere Leute zu sehen, deren Gesicht mir vertraut vorkommt, auch wenn ich von den meisten den Namen nicht weiß. Die Party wird anläßlich der Abreise von Sali veranstaltet. Sie wird morgen für ein Jahr nach Guatemala fliegen.

Peter bringt mir ein Bier aus der Küche mit, dann stehen wir trinkend herum. Als meine Dose leer ist, schaue ich ein bißchen durch die Räume. Die Wohnung gehört eigentlich den Eltern von Sali, und alles sieht ein wenig bemüht nach Partystimmung arrangiert aus. In den Luster im Wohnzimmer sind Kerzen gesteckt, die aber sichtlich sofort wieder gelöscht wurden. Die paar Rußflecken am Plafond darüber werden den Wohnungsinhabern erklärt werden müssen. Spätestens in einem Jahr. An den Wänden hängen einige Fotos in Postergröße, die wie mir erzählt wird, von Sali geschossen wurden. Natürlich mit einer Lomo. Auf der Konsole über dem Kamin steht eine Lava-Lampe und leere Flaschen von thailändischem Schnaps.

In der Küche, als ich mir gerade noch ein Bier aus dem Kühlschrank nehme, höre ich, wie jemand sagt: »Verdammt, es ist nun einmal so ... wir müssen uns damit abfinden, in einer kapitalistischen Gesellschaft zu leben ...« Beim Hinblicken sehe ich einen circa dreißigjährigen Che-Guevara-T-Shirt-Träger, der sichtlich unter Drogeneinfluß steht. Ich freue mich, wieder einmal einem Typus dieser aussterbenden Art über den Weg zu laufen. Sie werden immer weniger.

Im Gang zwischen Wohnzimmer und Küche stoße ich mit Sali zusammen. Ich frage sie, was sie denn in Südamerika alles machen wird. Sie blickt mich mit glasig-glücklichen Kiff-Augen an und meint: »Nichts. Na ja, spanisch lernen vielleicht ... einfach nur leben halt ... mit den Menschen dort leben ...« Ich nicke verständig und wünsche ihr eine gute Reise und ein schönes Jahr, aber sie scheint mich nicht so richtig zu verstehen, denn sie erwidert »wer?«, und ich sage »jeder!«, was sie aber nicht lange verwirren muß, denn soeben geht die Türe auf und drei Mädchen stürmen herein. Alle umarmen einander, und ich setze mich im Wohnzimmer auf die Couch. Es sieht so aus, als ob jeder um mich herum einen Joint in der Hand hat, aber niemand macht auch nur den Versuch, mir einen Zug anzubieten. Und auch ich mache keine Anstalten, das herauszufordern. Dann nimmt Peter neben mir Platz und fragt mich, ob ich denn wirklich nichts zum Schnupfen dabeihabe. Ich antworte ihm, daß ich keine Drogen nehme und daß ich glaube, daß er ein versteckter Drogenfahnder ist.

Inzwischen hat die Musik gewechselt. Statt »Massive Attack« hört man nun »Kruder und Dorfmeister«, was ein Mädchen dazu veranlaßt, »Oh nein, nicht schon wieder. Das wird aber echt überall aufgelegt« zu sagen, worauf ein anderes Mädchen sofort mit: »Na und? ›Massive Attack‹ etwa nicht?« kontert, und während sich eine gediegene Partyfeindschaft zwischen zwei Menschen zu entwickeln beginnt, stehe ich auf und stelle mich ans Fenster, das trotz wiederholter Bitten der Gastgeberin, es wegen der Musik geschlossen zu halten, immer wieder geöffnet wird. Die Luft ist angenehm lau, und ich beuge mich über das Fenstersims, obwohl ich Angst vor der Tiefe habe, in die ich fallen könnte. Ich überlege mir, was rechtlich passieren würde, wenn einmal jemand aus dem Fenster springt, um sich umzubringen, aber aus Zufall auf einen Passanten fällt, der dadurch anstelle des Selbstmörders stirbt.

Ich spüre ein Klopfen auf meinem Rücken. Es ist Peter, der mir den letzten Rest eines Joints anbietet. Ich sage »nein, danke«, und Peter schnippt den Stummel aus dem Fenster.

»Und?« frage ich.

»Tja«, meint Peter, »gute Frage.«

Ich schlendere noch kurz durch die Wohnung, um vielleicht mit irgendwem zu plaudern, aber es sind alle schon zu bekifft und zu betrunken, als daß ich mich noch mit jemandem halbwegs normal unterhalten könnte, und soviel zu kiffen und zu trinken, daß ich denselben Zustand wie alle anderen hier erreiche, dazu habe ich keine Lust. Also verschwinde ich wieder einmal.

Als ich dann durch die Stadt nach Hause gehe, überlege ich mir, daß es interessant wäre, wenn es irgendwo eine Person oder eine Maschine geben würde, die einem bei jeder Tätigkeit, die man verrichtet, und bei jeder Empfindung, die man hat, sagen kann, zum wievielten Mal dies gerade geschieht. Ich würde zum Beispiel gerne wissen, die wievielte Party dieser Art das heute war, die ich schon besucht habe. Oder das wievielte Bier in meinem Leben ich da eben getrunken habe, oder wie oft ich schon durch genau diese Gasse gegangen bin. Ich bin der Überzeugung, daß mir dieses Wissen sehr weiterhelfen würde.

Noch als ich im Bett liege und am Einschlafen bin, habe ich in meinem Kopf die Idee einer universalen Zählmaschine, und mein letzter Gedanke ist, ob das bei diesem Zählwerk dann auch so wie bei manchen anderen Zählwerken ist, wo es nach 9999 wieder bei Null anfängt. Und ich beginne zu träumen.

Am nächsten Tag erwache ich früh. Ich fahre mit dem Bus zum Schottentor, dort steige ich in eine Straßenbahn, um nach Gersthof zu kommen, wo ich spazierengehen will. Auf halber Strecke betritt eine alte Frau die Straßenbahn. An ihren Beinen klebt Kot. Es stinkt. Ein älterer Herr hält sich die Hand vor den Mund und verläßt den Waggon. Ein anderer steckt den Kopf aus dem Fenster. Der Fahrer bittet die Frau auszusteigen. Als die verwirrte Frau ihn fragt, warum sie denn aussteigen soll, sagt er: »Weil Sie von oben bis unten angeschissen sind.« Sie steigt aus. Ich packe es wieder einmal nicht.

Am ersten Montag im Juli beginne ich mit meinem Job in dem Verlag. Meine Aufgaben, nachdem ich mich allen Mitarbeitern vorgestellt habe, sind Kopieren, Pressestimmeneinordnen und Bestellscheinsortieren. Außer mir arbeitet für diesen Monat dort auch noch eine Germanistikstudentin. Schon nach ein paar Tagen hat sie sich dem Arbeitsablauf im Verlag perfekt angepaßt. Sie geht geschäftig und betont dynamisch durch die Gänge, und wie in einem alten Hollywoodfilm trägt sie immer einen Stoß Papier unter dem Arm und hält ständig einen Kugelschreiber bereit, falls etwas zu notieren ist. Wenn sie von etwas redet, das den Verlag betrifft, spricht sie im Plural wie zum Beispiel: »Da müssen wir ...« oder: »Das ist wichtig für uns ...«.

Für mich reduziert sich die Arbeit dort ziemlich schnell auf Herumsitzen, Wurstsemmeln holen, Rauchen, Kaffeetrinken und Zeitunglesen. Von dem roten, speckigen Sitzmöbel in dem Zimmer, wo ich mich die meiste Zeit über aufhalte, sehe ich aus dem Fenster auf das gegenüberliegende Haus, bei dem gerade das Dach ausgebaut wird. Ein Gerüst mit einem kleinen Aufzug ist aufgestellt, auf dem die Bauleute raufund runterfahren. Hin und wieder blicke ich von meinem Buch auf und schaue dorthin, dann nehme ich einen Schluck von meinem Kaffee und lese weiter. Manchmal setzt sich aber die Germanistikstudentin mir gegenüber in den Fauteuil vor dem

Fenster und heftet irgendwelche Zeitungsausschnitte in irgendwelche Mappen, und ich kann nicht mehr aus dem Fenster schauen, weil sie dann denkt, daß ich sie anblicke, und das wäre mir unangenehm. Wenn es irgend etwas zu tun gibt wie Telefonieren oder Kopieren, dann tue ich es und setze mich nachher wieder hin, um weiterzulesen. Es sind alle sehr nett zu mir, und wenn ich mich irgendwo nicht auskenne, brauche ich nur zu fragen. Ich kann überall eintreten, ohne zu klopfen, und niemand sagt etwas, wenn ich später komme oder früher gehe. Das ganze Klima ist so amikal, daß es mich schon fast nervt.

Wenn mir sehr langweilig ist, nehme ich ein paar Manuskripte zur Hand, die unverlangt im Verlag eingetroffen sind, und blättere darin. Meistens schaffe ich es nicht über die erste Seite, weil ich schon nach ein paar Sätzen Gänsehaut bekomme, was mir sonst nur bei ganz peinlichen, klischeehaften Szenen im Kino passiert. Sechshundertseitige Entwicklungsromane zum Beispiel, die mit »John Talham war ein stattlicher Mann von fünfundvierzig Jahren« beginnen und mit »sie war tot« enden. Dazu ein Haufen Lebensberichte alter Nazis (»Mein Leben – Eine wahre Geschichte« oder »Was bleibt, sind Erinnerungen«, ein Werk mit mehr als dreihundert Seiten, dessen Verfasser einmal Hitler die Hand geschüttelt hat). Nett sind auch die Briefe, die den Sendungen beigelegt sind. Von forsch-fordernd bis demütig-unterwürfig ist alles vertreten. Auch »Ich bin eine begeisterte Hobbydichterin und verfasse hauptsächlich Gedichte, die vom Leben und von Esoterik handeln« gibt es da zu lesen. Aber, wie gesagt, ich schaffe höchstens ein paar dieser Manuskripte am Tag, und die meisten blättere ich mehr durch, als daß ich sie lese. Ansonsten sitze ich einfach nur da und lausche den Geräuschen, die um mich sind: der undichte Wasserhahn in der Küche, das Scheppern und Scharren eines Löffels in einem Yoghurtbecher, das monotone Kopierersurren und -rucken, das Klappern von Kaffeetassen, das Läuten der Telefone und die verschiedenen Handymelodien der Mitarbeiter, die dann jemand fünf Minuten später noch leise nachpfeift. Ich fühle mich nicht unwohl.

Müde sitze ich am Nachmittag zu Hause und höre die CD »roseland nyc live« von Portishead. Ich rauche eine Zigarette und noch eine, obwohl ich heute damit aufhören wollte. Dann telefoniere ich ein bißchen mit Peter, aber er ist kurz angebunden und erzählt nur von einem Wittgenstein-Vortrag, zu dem er heute abend eingeladen ist. Er fragt mich, ob ich Lust habe mitzukommen, aber als ich erfahre, daß der Vortrag in der Privatwohnung irgendeines Adeligen stattfindet, sage ich: »Nein, eher nicht«, weil mir da sofort die Szenerie aus »Holzfällen« in den Sinn kommt, und das brauche ich im Moment am allerwenigsten. Dann fällt mir ein, daß ich ja etwas zum Essen für das Wochenende einkaufen muß, aber ich habe noch eine Stunde Zeit, bis die Geschäfte schließen, also zögere ich es, so lange es geht, hinaus. Als die CD ausgespielt ist, lege ich keine neue ein, sondern bleibe im Stillen sitzen. Man hört nur ganz leise den Kühlschrank surren und von der Straße her vorüberfahrende Autos, sehr gedämpft, weil ich wegen der Hitze die Fenster zugemacht habe. Ich halte das ungefähr fünf Minuten aus, dann ziehe ich mir die Schuhe an und mache mich auf den Weg.

Im Supermarkt gehe ich zügig durch die Regalfluchten und versuche dabei nachzudenken, was ich alles brauchen könnte, aber ich habe eigentlich keine Idee. Schließlich landen in meinem Einkaufswagen eine Packung Singletoast, Schinken aus dem Sonderangebot, zwei Gläser Fertigsugo, Mozzarella, Eier und eine Flasche Southern Comfort, weil ich das, wie ich annehme, noch nie getrunken habe.

An den Kassen stehen, wie üblich um diese Zeit an einem Samstag, lange Schlangen. Ich stelle mich bei der längsten an, weil ich mich im Moment seltsamerweise hier sehr wohl fühle. Vor mir ist ein Pärchen. Er schaut nach erfolgreichem Jungunternehmer aus, sie nach Karrierefrau. Sie haben wahrscheinlich eines dieser raren, gemeinsamen Wochenenden vor sich, denn sie haben massig eingekauft. Dafür sprechen die Waren, die in ihrem Wagen liegen, zwei Kaviardosen, vorgebackene Frühstücksbrötchen, ein Haufen verschiedener Gemüsesorten, ein weiterer Haufen von Actimel-Yoghurts, eine Ananas und eine große Anzahl an Weinund Champagnerflaschen. Vor ihnen in der Reihe steht noch ein Pärchen, beide mit einer fast identischen, häßlichen Brille, von der sie mit Sicherheit überzeugt sind, daß sie sehr modisch ist. Wahrscheinlich haben sie auch viele Freunde mit den gleichen Brillen. Und sicherlich betreibt einer dieser Freunde eine Galerie, wo ein anderer Freund von ihnen immer wieder seine grauenhaften Bilder ausstellt, von denen sie schon drei in ihrer Wohnung hängen haben, und die mit der Zeit die gerahmten Kandinskyund Van Gogh-Poster, die man bei Ikea kaufen kann, ersetzt haben. Eines der Bilder ihres Freundes ist vermutlich ein Akt und hängt im Schlafzimmer. In ihrem Einkaufswagen sehe ich Paradeiser, grüne Paprika, Oliven, Zwiebel, Knoblauch, eine Gurke, zwei Becher fettarmes Yoghurt und zwei Flaschen Kourtaki-Retsina. Sichtlich verbrachten sie vor kurzem ihren Urlaub auf Kreta oder Rhodos, aber noch eher auf einer Geheimtipinsel wie Folegandros oder Sikinos, wo noch alles so unverfälscht ist, wie man es in zahlreichen Lifestylemonatsmagazinen lesen kann. Und heute wird bei ihnen daheim ein griechischer Abend stattfinden, in Erinnerung an die gemeinsame Reise. Sie werden zum Essen die CD »Die schönsten griechischen Melodien« hören, die sie bei der Rückfahrt am Athener Flughafen gekauft haben, und sich dazu noch einmal die zweihundert Fotos anschauen, die sie schon im Urlaub entwickeln haben lassen. Dann werden sie wahrscheinlich miteinander schlafen, wenn sie keine Kinder haben, die sie durch ihre Anwesenheit im Nebenzimmer stören könnten, und er, der fast ganz alleine die zwei Retsinaflaschen ausgetrunken hat, wird sie bitten, ihm wieder ihren Mittelfinger in den After zu stecken, was sie auch tun wird. Wenn er dann eingeschlafen ist, wird sie noch einmal lautlos ins Badezimmer huschen und sich sorgfältig die Hände waschen.

Bei diesen Gedanken blicke ich auf die Leute in der Schlange vor der anderen Kasse, und ich schaue jedem und jeder prüfend ins Gesicht, ob er oder sie womöglich ebenso über mich denken wie ich über andere.

Ich werde dabei von dem Pärchen vor mir abgelenkt, das sich gerade gar nicht leise über einen anscheinend etwas betrunkenen älteren Asiaten aufregt, der ganz langsam, sodaß der Kassierer immer warten muß, seine Waren, allesamt Toiletteartikel, auf das Förderband legt. Endlich bin ich an der Reihe. Der Kassierer bedankt sich höflich, als ich bezahle, und wünscht mir noch ein schönes Wochenende, woraus ich schließe, daß er erst seit kurzem dieser Arbeit nachgeht.

Das erste, was ich mache, als ich nach Hause komme, ist, daß ich das Radio einschalte. Dann verstaue ich alles Gekaufte im Kühlschrank und im Küchenkasten und setze mich vor den Computer, um ein wenig im Internet zu surfen, aber das beginnt mich bald zu nerven, und ich gehe in die Küche, um die Flasche Southern Comfort zu öffnen. Während ich die Plastikhülle über dem Schraubverschluß mit einem Messer anritze, dessen Spitze von einem Monate zurückliegenden Messergegen-die-Wand-Werf-Versuch leicht verbogen ist, glaube ich mich zu erinnern, daß Southern Comfort das Lieblingsgetränk von Janis Joplin war, aber ich weiß nicht mehr, woher ich das habe. Auf der Rückseite der Flasche steht, es ist am besten on the rocks oder mit einem bevorzugten Softdrink zu genießen. Ich probiere beides aus, bleibe dann aber bei der Variante mit Orangensaft hängen.

Später gehe ich noch einmal auf die Straße.

Ich liege gerade im Bett und spiele lustlos »Castle Wolfenstein« auf meinem Laptop, als mich meine Mutter anruft, um mir mitzuteilen, daß meine Großmutter gestorben ist.

Plötzlich fühle ich mich, als würde ich mich in einem Gefährt befinden, das soeben ganz abrupt angehalten hat.

Ich sage »aha« und ein paar nichtssagende Sätze und frage dann, wann denn das Begräbnis sein wird, aber das weiß meine Mutter noch nicht, stattdessen meint sie, daß ich nicht traurig sein soll, dann reden wir noch ein bißchen, bevor wir auflegen.

Das Begräbnis findet eine Woche später statt, in der Provinzstadt, wo meine Großmutter seit ihrer Pensionierung gelebt hat.

Wir stehen wartend vor der Friedhofskapelle. Es ist heiß, und ich schwitze in meinem Anzug. Als ich mir gerade eine Zigarette anzünden will, werden wir in die Aufbahrungshalle gebeten. Der Sarg ist in einer Art Kabine hinter Glas zu besichtigen. An den Seiten sind Vasen mit Plastikblumen aufgestellt und jeweils eine Reihe Elektrokerzen. Echte Kerzen stehen leider nicht zur Verfügung, meinte der Mann, der für den Sargschmuck sorgt. Das Foto meiner Großmutter auf dem Partezettel ist spiegelverkehrt. Das wurde gemacht, erzählt uns der Mann mit professionell teilnahmsvoller und verhaltener Stimme, damit die Verstorbene quasi auf den Text schaut und nicht von ihm wegblickt. Es erinnert alles ein bißchen an »Tod in Hollywood«. Dann beginnt die eigentliche Trauerfeier in der Kapelle, deren Wände mit zwei vom Nazikitschrealismus beeinflußten Fresken verziert sind. Ein Jüngling und ein Mädchen, die – spärlich bekleidet – mit entrücktem Antlitz gen Himmel schweben. Aus unsichtbaren Lautsprechern kommt sehr zurückhaltend Musik. Beide Stücke, die meine Mutter ausgesucht hat, eines von Chopin und eines von Beethoven, dürften von Richard Clayderman orchestriert worden sein und sind mit einem Schlagzeug unterlegt. Nach dem letzten Ton beginnt der Priester zu sprechen. Als er fertig ist, treten die Sargträger durch eine wie von Geisterhand geöffnete Tür und heben den Sarg hoch. Sie tragen alle Sonnenbrillen und leichte Sandalen, wegen der Hitze. Nachdem der Sarg in das Grab hinuntergelassen wurde und die Zeremonie beendet ist, schüttelt der Priester jedem von uns die Hand und meint, daß ihm solche Begräbnisse im engsten Familienkreis doch die liebsten sind.

Wir gehen noch etwas essen, dann setze ich mich ins Auto und fahre zurück nach Wien. Mit 215 km/h verbessere ich dabei meinen persönlichen Geschwindigkeitsrekord.

»Auf den Gehsteigen liegen schon überall Blätter, obwohl doch noch Sommer ist.« Das stellt Lukas fest, während er sich die zwei Koksstraßen, die ich für ihn hergerichtet habe, mit seiner defekten Bankomatkarte etwas länger macht. Ich, der ich gerade damit beschäftigt bin, unter ständigem Aufziehen die neue Platte von Peace Orchestra aufzulegen, antworte mit einem etwas gepreßten »ja«, weil mich im Moment überhaupt nicht interessiert, was Lukas von sich gibt. Als die Musik läuft und ich wieder beim Tisch sitze und Lukas sich bereits die obligatorische

Nach-dem-Koksen-Zigarette anzündet, meint er plötzlich »schneller«, und ich grinse automatisch und sage wieder »ja«, aber als er dann auf die Stereoanlage zeigt, begreife ich erst, was er meint, und stelle den Plattenspieler von 33 auf 45, so wie es gehört. Es wäre mir vermutlich nicht aufgefallen. Wieder sitzend, entdecke ich eine Zigarette im Aschenbecher, die abgebrannt ist, ohne daß jemand an ihr gezogen hat. Da Lukas seine immer noch raucht, muß es wohl meine gewesen sein. Ich zünde mir eine neue an. Wir wissen nicht wirklich, was wir miteinander reden sollen, also blicken wir schweigend und rauchend aus dem Fenster.

Nach Mitternacht sitze ich allein in meiner Küche und höre »Radio Burgenland«. Dazu trinke ich ein Bier und blättere in den Veranstaltungsfoldern, die heute im Postkasten waren, dort wird schon vom Herbstprogramm gesprochen. Ich fühle mich irgendwie übergangen. Früher hätte ich in so einer Stimmung wahrscheinlich ein paar Seiten darüber geschrieben, daß eigentlich nie etwas stattfindet, weil alles im Grunde immer schon im vornherein vorbei ist, aber selbst diese Gedanken kommen mir bereits so selbstverständlich und vertraut vor, daß sie mich nicht mehr interessieren. Ich habe zu oft so gedacht. Ich drehe am Radio weiter zu einem anderen Sender, und dort läuft »Bad Boys« von Miami Sound Machine, und ich probiere, im Text des Liedes irgend etwas zu finden, das mich trösten oder zumindest lächerlich machen könnte, aber keines von beiden gelingt mir, und ich werde nur eine Spur deprimierter. Dann kommt »What a

Feeling« von Irene Cara, und endlich kann ich lachen, wenn es auch ein leicht verzweifeltes Lachen ist.

Ich überlege, ob ich mir jetzt die Zeit nehmen und alle Gegenstände, die sich am Tisch vor mir anhäufen, aufschreiben soll. Eine Liste anfertigen, eine Bestandsaufnahme, was sich da alles auf dem Tisch anhäuft, so stelle ich mir das vor. Aber dann, als ich schon nach einem Zettel und einem Stift suche, vermute ich, daß mich so eine Tätigkeit eher noch fertiger macht. Doch der Gedanke hat sich bereits festgebissen, und ich gehe im Kopf der Reihe nach vor und protokolliere alles, was sich da auf dem Tisch befindet. Ich fange bei den größeren Gegenständen an. Die Tischlampe. Das Radio. Dann die Bücher. Eines von Cesare Pavese, ungelesen. Eines von Victor Hadwiger, gelesen. Eine Videokassette (»A Woman Under The Influence« von John Cassavetes), die Augustausgabe des Magazins »i-d«, das mir eine Buchhändlerin geschenkt hat, nachdem ich ihr geholfen hatte, einen umgefallenen Zeitschriftenständer wieder aufzurichten. Dann kommen die kleineren Dinge dran. Der Aschenbecher. Das Feuerzeug. Der Bleistiftspitzer. Der Handy-Akku. Aber schon habe ich genug davon, und ich versuche, mich mit etwas anderem zu beschäftigen. Das gelingt mir natürlich nicht, und ich sehe andauernd etwas Neues, das auf die Liste will. Irgendwann, hoffe ich, werde ich vergessen, daran zu denken. Aber wie immer, wenn ich mir vornehme, an etwas unter keinen Umständen mehr zu denken, komme ich nicht davon los. Als würde ich mich sekkieren wollen, spiele ich in Gedanken mit mir selber, gaukle mir zum Beispiel vor, ich hätte es schon ganz verdrängt, nur um es mir dann mit aller Intensität wieder ins Gedächtnis zu rufen. Zum Glück verliere ich recht bald das Interesse an diesem Spiel, und als ich zum Kühlschrank gehe, um mir noch ein Bier zu holen, habe ich meinen Plan tatsächlich vergessen. Und dann muß ich sogar gähnen, und ich spüre, daß mein Körper schon müde ist, aber die Vorstellung, mich jetzt ins Bett zu legen, gefällt mir nicht. Beim Weiterdrehen am Radio stoße ich auf das Lied »Slip Slidin' Away« von Paul Simon, und genau das will ich jetzt hören, und als das Lied zu seinem Ende kommt, bin ich schon versucht abzuschalten, um mit diesem beruhigenden Lied im Ohr schlafen zu gehen, aber ich tue es dann doch nicht, was sich als Fehler herausstellt, denn als nächster Song kommt »Johnny and the Devil« von Hans Theessink, und ich bin wieder wach. Also ziehe ich mir die Schuhe an, schlüpfe in mein Sakko und gehe nach draußen. Weil Samstagnacht noch lange nicht vorbei ist, sind sehr viele Menschen auf der Straße. Vor meinem Haustor liegt eine Lache von Erbrochenem, und aus den Lokalen dröhnt Musik, die für einen Moment laut wird, wenn jemand die Tür öffnet, um hineinoder herauszugehen. Ein paar Ausländer und Skinheads pöbeln einander lustlos an, ein Mädchen streitet mit ihrem Freund, ein anderes Mädchen telefoniert auf einem Handy und weint dabei, in einer Gruppe von höchstens Vierzehnjährigen wird ein Joint weitergereicht. Schon nach ein paar Metern drehe ich um und gehe zurück nach Hause. Ich lege eine CD von »Steps Ahead« ein, mache es mir auf meiner Couch bequem, und als ich ein paar Stunden später, als es schon hell ist, aufwache, läuft die Musik immer noch. Ich muß versehentlich auf repeat gedrückt haben.

Als ich dann im Badezimmer vor dem Spiegel stehe, fällt mir der Traum ein, den ich gerade hatte. Darin stand ich auf einer hohen Klippe und sah hinunter auf das Meer. Hinter mir fühlte ich irgend etwas, aber ich konnte mich nicht umdrehen. Ich schlug auf meine Schultern, so wie wenn man versucht, eine Fliege von seinem Rücken zu verscheuchen, aber das Gefühl, daß da irgend etwas hinter mir war, blieb. Dann dachte ich auf einmal, das Ding hinter mir könnte ein Fallschirm sein, der an meinem Rücken hängt, und ich könnte jetzt von dieser Klippe springen. Also trat ich an den Rand der Klippe, streckte die Arme nach vorne und sprang.

JUNG UND JUNG VERLAG

Xaver Bayer

Die Alaskastraße

Roman

Von einem Tag auf den anderen kündigt er bei der Partnerschaftsvermittlungsagentur. Es bleibt nicht viel, was die zähe Gleichförmigkeit der Tage durchbricht. Da entschließt er sich zu einem Inselurlaub, mit seiner Freundin. In seltenen Stunden, den schönsten, wird alles leicht zwischen den beiden: die Gesten, die Berührungen, die Worte. Der helle Raum spiegelt sich hinaus in die Nacht, öffnet sich. In diesen Momenten ist Einklang. Seine Liebe allein darauf zu gründen, sie frei halten zu wollen von Wiederholung und Ritual, Macht und Unterwerfung, ist kühn, hochmütig und von einer Radikalität, die sich im Handumdrehen gegen den Ich-Erzähler selbst wendet. Dem Drang nach Auslöschung, Selbstauslöschung gibt er zunehmend nach, Gewaltfantasien brechen sich Bahn, immer unkontrollierter, den Hass fühlt er an seiner Seite »wie einen großen muskulösen Freund«. Besessen von sich und seinen Versuchen, die Wirklichkeit in Erinnerung zu übersetzen, weil er sie nur vermittelt erträgt, verweigert er sich jeder Form der Erlösung, der des Augenblicks so wie der anderen, die es nicht gibt.

»Der Roman zeugt von einer Härte und Verlorenheit,
die den brillanten Stil als letzte Zufluchtsstätte aufsucht,
um zu erkennen: Mehr gibt es nicht.«
Thomas Melle

JUNG UND JUNG VERLAG

Xaver Bayer

Weiter

Roman

Er ist Rezensent von Computerspielen, angestellt bei einem Magazin, und bis vor einem Jahr war nichts Auffälliges an seinem Leben. Bis auf einmal, in einem durch nichts hervorgerufenen Moment, die Vergangenheit wirklich vergangen war und die Zukunft vor ihm lag wie „eine sich trist ausdehnende Ebene ohne Richtung". In der Zeitspalte dazwischen, die vielleicht so etwas wie ein Gegenwarts-Level ist, tastet er sich am scheinbar Vertrauten entlang, besucht seinen Bruder im großelterlichen Haus, fährt nach Tschechien, um dort einen Spieleerfinder zu interviewen, trifft aber nur dessen Schwester – nur? –, kehrt zurück und hat im selben Moment, wo er alles hinter sich lässt, das Gefühl, noch alles vor sich zu haben.

»Als Leser sieht man in Bayers Texten die kleinen Fussel und Härchen, blickt in die Lücken zwischen den Steinen, man wird süchtig nach so viel detailversessener poetischer Weltaneignung und Weltverweigerung.«

Michael Krüger

JUNG UND JUNG VERLAG

Xaver Bayer
Die durchsichtigen Hände
Erzählungen

Die Luftmatratze, die hinausgeschoben wird aufs offene Meer – welche Geschichte endet oder beginnt da? Die hermetisch verschlossene Box – entwickelt sie sich, einmal im Zimmer abgestellt, nicht ganz schnell zum magischen Zentrum des Denkens und Handelns? Der Abstieg – kaum glaubt man, endlich seinen Weg gefunden zu haben, weicht das Vertraute neuerlich zurück. Und man selbst, kann man sich denn wenigstens auf sich selbst verlassen? Darauf, dass man richtig wahrnimmt? Richtig reagiert? Etwa wenn der Schrei eines Mädchens durch die Wände dringt oder wenn bei einer Wanderung zu den Quellen des Wasserfalls einer nach dem anderen zurückbleibt? Nicht unbedingt.

Diese Geschichten sind voller Esprit, Lust am Gedankenspiel, voller überraschender Einfälle und Wendungen. Doch unter der sich in zahlreichen Facetten spiegelnden Oberfläche ruht die Art von ernsthaften, existentiellen Fragen, die jede Generation neu für sich beantworten muss.

»Bayer hat das Unerhörte, Phantastische gefunden. Er muss aufpassen, sonst könnte er bald als klassisch gelten.«
Philipp Haibach / Die Welt

JUNG UND JUNG VERLAG

Xaver Bayer
Geheimnisvolles Knistern aus dem Zauberreich

Da sitzt er, der Dichter, in der Früh, allein, im Café Irgendwo, und lässt den Blick, die Wahrnehmung und die Fantasie schweifen. Mit gespannten Sinnen begegnet er der Gegenwart, und durchaus kritisch stellt er sich einer Welt, die seinen wütenden Ekel verdient. Er ist ein hellwacher Beobachter mit Blick für das Unscheinbare, ein Wanderer in Niemandslandschaften, ein Flaneur, unter dessen Augen sich die fade Monotonie, die Unerheblichkeit des Alltags verwandelt, sodass für Momente das Unerwartete, das Fantastische, das Ungeheuerliche der Fantasie in die Wirklichkeit einbricht. So entstehen geheimnisvolle, wundersame Geschichten, in denen sich allerhand begibt. Voll absurder Komik und Fabulierlust, voll grotesker Einfälle und überraschender Wendungen sind diese Miniaturen, in denen sich Xaver Bayer mit allem Eigensinn und doch unangestrengt auf der Höhe seiner Kunst zeigt, ohne dass er einen Zweifel daran lässt, dass diese Kunst eine Haltung zur Welt ist.

»Xaver Bayer hat die Sinne und das Gespür für Zauber und Täuschungen. Er schafft eine Sprache für etwas, was mir zuweilen aus der Welt verschwunden zu sein scheint. Deshalb ist dieses Buch ein Trost, obgleich es die Gefährdung aufs Deutlichste zum Ausdruck bringt.«
Laura Freudenthaler

JUNG UND JUNG VERLAG

Xaver Bayer
Geschichten mit Marianne

Österreichischer Buchpreis 2020

Es beginnt immer bei Null, frisch und unschuldig, mit einem harmlosen Vorhaben, einer nicht ganz alltäglichen Aufgabe oder der Idee zu einem kleinen Abenteuer. Das kann ein Waldspaziergang sein, ein Ausflug zu einem Perchtenlauf, ein Besuch auf einem Flohmarkt oder in einem Swingerclub, eine Prüfung, die als Spiel nur schlecht getarnt ist. Und immer sind es dieselben zwei, er und Marianne, die sich am Ende einer Wirklichkeit ausgesetzt sehen, in die das Unerwartete mit dem ganzen Schrecken eines Alptraums einbricht, der blanke Horror, etwas, das sich ihrer Kontrolle entzieht und dem nicht zu entkommen ist. Auch wenn es sie das Letzte kosten könnte, sie riskieren es, als gäbe es auf dieser Welt nichts mehr zu verlieren.

»Xaver Bayer schreibt das Tagebuch unserer Ängste.
Er hat dafür eine Form gefunden und einen Ton, der zeitlos erscheint, meisterlich und suggestiv ist, dazu eine Haltung, die das Erzählte immer auch ironisch reflektiert.«
Ulrich Rüdenauer / Tagesspiegel

JUNG UND JUNG VERLAG

Xaver Bayer
Poesie

»Poesie« ist Titel wie Inhalt dieses Buches, aber mehr noch Haltung eines Autors, der seit seinen literarischen Anfängen mit jedem weiteren Buch so eigensinnig wie unberechenbar daran festhält, dass sich die Welt in und mit Sprache in Wunder verwandeln lässt. Xaver Bayer ist ein Flaneur, nicht um gesehen zu werden, sondern um zu sehen. Die Welt, die aus den Fragmenten entsteht, die er dabei aufsammelt, ist eine aus Zugefallenem, Unscheinbarem, eine Welt von der Hinterseite, aus dem Alltag im Abseits, in das sich das Leben zurückgezogen hat. Aber gerade darin zeigen sich Wunder poetischer Epiphanien, in denen der Moment, eine zufällige Beobachtung, eine flüchtige Begegnung, sich in fantastische, wachtraumhafte Bilder auflöst. Zauberisch wirken diese Gebilde, wie aus einem Faden gesponnen, wie mit geschlossenen Augen gesehen. Und trotzdem sind sie mitnichten entrückt, sondern so gegenwärtig, so hellwach, so empfänglich, so lebendig, so widerständig, wie nur große Literatur sein kann.

»Bayer besitzt die rare Fähigkeit, die Tatsachenwelt allein mit der Macht seiner Beobachtungsgabe von Grund auf zu verändern.«
Ronald Pohl / Der Standard

XAVER BAYER, geboren 1977, lebt in Wien. *Heute könnte ein glücklicher Tag sein* war sein erstes Buch, es ist 2001 erschienen. Zuletzt: *Geschichten mit Marianne*, 2020 (Österreichischer Buchpreis), und *Poesie*, 2023.